셰익스피어 희극

십이야

Twelfth night

셰익스피어 희극

십이야

초판 1쇄 | 2015년 3월 16일 발행
　　3쇄 | 2023년 3월 24일 발행

지은이 | 셰익스피어
옮긴이 | 김재남
펴낸곳 | 해누리
고　문 | 이동진
펴낸이 | 김진용
편집주간 | 조종순
본문디자인 | 신나미
표지디자인 | 안정미
마케팅 | 김진용

등록 | 1998년 9월 9일(제16-1732호)
등록 변경 | 2013년 12월 9일(제2002-000398호)

주소 | 07265 서울특별시 영등포구 당산로 20길 13-1
전화 | (02)335-0414 팩스 | (02)335-0416
E-mail | haenuri0414@naver.com

ⓒ 해누리, 2015

ISBN 978-89-6226-053-3 (03840)

셰익스피어 희극

십이야

Twelfth night

김재남 옮김

해누리

일러두기

*방백 _ 연극에서 등장인물이 말을 하지만 무대 위의 다른 인물에게는 들리지 않고 관객만 들을 수 있는 것으로 약속되어 있는 대사

셰익스피어 희극
십이야

셰익스피어 인물 소개

　　　　　　　　　　김재남(金在枏) 교수님은 셰익스피어 연구에
평생을 바치셨으며 이 분야에서는 우리나라에서 최고의 대가들 가운데 한 분
이시다. 또한 이미 1964년에 '셰익스피어 전집'을 번역, 출간하셨는데, 이것은
한 개인이 셰익스피어의 작품 전체를 번역한 것으로서는 우리나라에서 최초인
것이었으며, 동시에 셰익스피어 전집의 번역 자체도 전 세계에서 일곱 번째에
해당하는 일이었다. 그 후 김교수님은 30년에 걸친 1995년에 이르기까지 셰익
스피어 전집을 두 번 수정, 보완하셨다.

　김교수님의 이러한 탁월한 업적에 대해 우리나라의 영문학계를 대표하시는
분들이 다음과 같이 평한 바가 있어서 여기 소개한다.

　"셰익스피어를 번역하는 사람은 먼저 그의 작품들을 계통적으로 연구한 전
문학자라야 할 것이다. 또한 난해하거나 영묘한 셰익스피어의 표현을 우리말
로 옮기는 데는 문학적 재능이 필요하다. 김재남 교수는 위에서 말한 두 가지
조건을 구비한다. 학계와 연극계의 일치된 요망에 부응하는 최초의《셰익스피
어 전집》이 김재남 교수의 손으로 되어 나온다는 것은 지극히 타당한 일이라

생각한다."_ 문학박사 최재서, 1964년 초판 서문에서

"셰익스피어 번역에는 참으로 어려운 문제들이 많다. 김교수는 이 방면에 훌륭한 준비를 갖추었고 그의 노력과 열의는 높이 평가되어야 할 분이라, 이 전집 번역을 혼자 힘으로 이룩한 데 대해 경의와 찬사를 아낄 수 없다. 극문학에 큰 공헌이 될 것을 의심하지 않는 바이다."_ 문학박사 권중휘, 1964년 초판 서문에서

"이 힘들고, 범인으로서는 불가능한 일을 할 수 있는 비범한 사람이 있는가? 과연 우리에게는 용기와 끈기와 추진력에다 능력과 자격을 겸비한 적격자가 있는가? 김재남 교수님이야말로 이 모든 것을 갖춘 비범한 적격자의 한 분이라고 나는 감히 말할 수 있다. 1964년에 셰익스피어 탄생 400주년에 맞추어 선생님은 셰익스피어 전집 번역본을 단독으로 내셨다. 이것은 우리나라의 보통 큰 문화적 사건이 아니었다. 세계적으로도 손가락으로 셀 수 있을 정도의 소수이며, 더구나 단독 완역은 한둘이나 될까 매우 드문 일이기 때문이다."_ 문학박사 이경식, 1995년 3정판 서문에서

"김재남 교수는 우리 영문학계에서 '한 우물만을 판' 사람으로 유명하다. 그에게 있어서 셰익스피어는 학문의 전부였고 아마도 인생의 전부이기도 했을 것이다. 그의 평소의 신념이 작품이란, 더욱이 셰익스피어 같은 대고전은 읽고 또 읽어야 그 진가를 알 수 있다는 것이었다. 그의 문학을 대하는 태도는 이렇듯 정통적이고 비타협적이었다. 그렇기 때문에 그의 번역도 몇 번이고 새로워질 수밖에 없었을 것이다."_ 문학박사 여석기, 1995년 3정판 서문에서

이번에 김재남 교수님의 번역본을 다시 출간하게 된 것은 김재남 교수님과

조성식(趙成植, 前 고려대학교 명예교수, 학술원 회원) 교수님 사이에 맺어진 절친한 우정 때문이다. 나는 나의 장인어른이신 조교수님으로부터 두 분의 우정에 관한 이야기를 평소에 많이 들어왔고 또한 김재남 교수님의 번역본을 해누리에서 다시 출간했으면 좋겠다는 말씀을 자주 들었다. 그래서 몇 해 전에 김재남 교수님의 사모님에게 감히 전화를 걸어 구두로 허락을 받았고, 이제 드디어 출간하게 된 것이다. 다만 김재남 교수님의 번역본이 현재의 독자들에게 좀 더 읽기 쉽고 이해하기 쉽도록 난해한 한자어를 풀이하는 등 약간의 수정을 거쳤으며 재미있는 관련 삽화들을 가능한 한 많이 수록했다.

이 출간을 통하여 김재남 교수님의 탁월한 업적이 앞으로도 계속해서 더욱 빛나게 되기를 진심으로 바랄 따름이다.

李 東 震

(시인, 작가, 前 외교통상부 대사, 월간 〈착한이웃〉 발행인, 해누리 출판사 고문)

작품 해설 | 십이야
Twelfth night

《십이야》는 1599~1600년에 제작된 것으로, 일부 자료는 《헛소동》의 경우와 같이 반델로의 '노벨레(小說集)'인 듯하다. 처음 출판된 것은 1623년 제일 2절판 전집이다. 《십이야》는 크리스마스로부터 12일째인 1월 6일. 주현절(主顯節) 축제일 전날 밤을 뜻한다. 이날 밤에는 큰 술 잔치가 벌어진다.

이 극은 1601년 《십이야》에 일리저베드 여왕이 이탈리아 귀족 가문인 메디치 집안으로부터 파견된 오시노 공작을 위한 향연의 여흥으로서 연극 무대에 올리기 위해 집필된 작품이다.

셰익스피어는 지금까지 무대에서의 실험으로 효과적이라고 여겨진 사건, 성격, 장면 등등 희극에서의 모든 수법과 기교를 이 한 편의 낭만 희극에 적절히 요약, 융합하였다. 쌍둥이(비올라, 세배스티언)를 잘못 보는 주제는 《착오 희극》에서도 볼 수 있었고, 남성 사이의 우정은 《베니스의 상인》에서도 나타났다. 이 극은 여러 번 여자가 남자로 변장해서 성공적이었던 작품들의 결정판이다.

이 극에서 올리비아는 오빠의 죽음을 매우 슬퍼하며 검은 상복을 입고 등장

한다. 바닥에는 애수가 깃든 사랑의 노래가 흘러나온다. 이 낭만 희극의 균형 감은 거의 완전무결하다. 셰익스피어에게 충성은 가장 큰 미덕의 하나요, 배신 은 가장 큰 악덕의 하나였다. 그러므로 올리비아의 슬픔이 다소 지나치더라도 그 슬픔은 결코 어리석은 가장(假裝)은 아니다.

올리비아가 오시노 공작을 사랑하지 않기 때문에 그의 청혼을 거절하는 것 은 당연하다. 그리고 남장한 비올라(세자리오)를 사랑하게 되는 것은 잠시 동 안 자연의 장난이랄까? 그녀의 마음속에는 비올라의 쌍둥이인, 아직 미지의 세 배스티언이 자리 잡고 있다.

또한 모두가 조롱하는 맬볼리오를 조금이나마 동정하는 사람도 올리비아 뿐

이다. 맬볼리오는 《헛소동》에서 베네디크의 경우와 같이, 이 극에서 직각적으로 우리 머릿속에 떠오르는 성격이다. 물론 충분히 개성이 발휘된 인물이다. 이 청교도적인 이기주의자를 셰익스피어는 모든 각도에서 살아 있는 인물같이 관찰하였다. 그렇기 때문에 셰익스피어는 맬볼리오를 욕보이면서도 그를 동정하였다.

셰익스피어는 몽환 세계로 이해나 주장이 뒤얽혀져 말썽이 많은 세계에다가 맬볼리오와 같은 현실적 인물을 배합하였다. 그로 인해 극의 분규는 도저히 풀리지 않을 것 같았다. 하지만 위기를 모면하면서 맺힌 매듭은 술술 풀려나간다.

이 극은 인생 긍정, 인생 예찬의 극치를 표현하고 있을 뿐만 아니라 너무나도 환희에 벅찬 나머지 도리어 애수(哀愁)를 느끼게 한다. 이것은 향후 본격적으로 비극과 씨름하게 되는 작가의 낭만 희극과의 피날레를 뜻한다.

십이야

(1599~1600)

십이야
Twelfth night

나는 반지를 놓아두지 않았는데 이게 대체 무슨 영문일까? 남장을 한 나의 모습에 그녀가 반했다면 안 될 말이야! 변장이란 참으로 못된 짓이군 그래. 나쁜 짓을 하는 놈들은 이 수단을 쓰거든. 그럴듯한 건달이 여인들의 밀랍 같은 가슴 속에 자기의 형상을 새겨 놓는 것쯤은 얼마나 쉬운 일인가! 여자란 어쩔 수가 없다고! 그래도 그게 우리 여자들의 죄는 아니야.

이 일이 어찌될까? 나의 주인은 아가씰 깊이깊이 사랑하는데, 변장을 한 나는 주인을 사모하고, 아가씨는 착각하여 나한테 넋을 잃었으니, 이 일이 장차 어떻게 될까? 나는 남자 행세를 하고 있으니 주인을 사모해 봤자 절망적이지. 사실은 여자인데 말이야.

_ 비올라가 한 말(2막 2장)

▌장소▐

일리리어 Illyria

▌등장 인물▐

오시노 Orsino	일리리어의 공작
세배스티언 Sebastian	비올라의 쌍둥이 오빠
앤토니오 Antonio	선장, 세배스티언의 친구
다른 선장 A sea-captain	비올라의 친구
밸런타인 Valentine	오시노 공작의 신하
큐리오 Curio	오시노 공작의 신하
토비 벨취 경 Sir Toby Belch	올리비아의 숙부
앤드루 에이규치크 경 Sir Andrew Aguecheek	토비 벨취 경의 친구
맬볼리오 Malvolio	올리비아의 집사
페이비언 Fabian	올리비아의 가신
광대 Clown	올리비아의 하인
올리비아 Olivia	부유한 백작의 상속녀
비올라 Viola	남장을 하고 공작 밑에서 심부름 하는 아이가 되어 공작을 사랑하는 처녀(세자리오)
마리아 Matia	올리비아의 시녀

그밖에 귀족, 신부, 선장, 선원, 경찰, 악사, 하인, 시종들

───────────────────────────────

*일리리어 Illyria
_ 발칸 반도 서부 Adria 해(海) 동쪽에 있었던 고대 국가

1막 1장

오시노 공작의 저택.

🍀오시노 공작, 큐리오, 귀족들이 음악을 듣고 있다.

오시노 공작　음악이 사랑의 자양분이 된다면 연주를 계속하라. 나에게 음악을 한껏 먹여 줘. 설령 과식으로 식상해서 죽어도 좋아. 그 곡을 한 번 더 들려 줘! 죽음으로 끌어들이는 것만 같은 곡이었어. 아, 그 곡조는 오랑캐꽃의 둑 위로 불어 향기를 너울거리게 하는 훈풍처럼 내 귀에는 들렸거든. *(음악이 다시 시작된다.)* 이제 그만! 조금 전과는 달리 그다지 아름답지가 않다고. 아, 사랑의 정령이여, 너는 어쩌면 그토록 날카롭고 그토록 탐욕스러우냐? 너는 바다처럼 받아들이는 능력을 가지고 있는데, 아무리 가치 있고 훌륭한 것도 네게 걸려들면 천하고 가치 없는 것으로 변하는지. 순식간에 말이야. 연정이란 변화무쌍한 것, 참으로 허황된 것이로구나.

큐리오   공작 전하, 사냥하러 가시겠어요?

오시노 공작   큐리오, 무슨 사냥 말이냐?

큐리오   사슴 사냥 말이에요.

오시노 공작   그런 사냥이라면 여기 내가 벌써 사슴이 되어 쫓기고 있지 않느냐? 아, 내 눈이 올리비아를 처음 봤을 때 그녀는 공중의 독기를 모조리 순화하는 것만 같았지. 그러나 그 순간 나는 사슴으로 변했고, 나의 욕정은 잔인하고 맹렬한 사냥개처럼 줄곧 나를 쫓아오고만 있거든.

     🌸 *밸런타인이 등장한다.*

오시노 공작   어떻게 되었어? 그녀의 대답은 뭐냐?

밸런타인   예, 사실 저는 아가씨를 뵙지 못했어요. 하지만 하녀가 전하는 말에 따르자면, 그녀는 앞으로 칠 년 동안 하늘에도 얼굴을 드러내 보이지 않을 작정으로 수녀처럼 베일을 쓰고 다닐 것이며, 매일 한 번은 눈에서 흘러나오는 눈물로 거처를 적실 모양이에요. 이 모든 것이 죽은 오빠에 대한 사랑을 생각하여 슬픈 기억 속에 그 사랑을 언제까지나 새롭게 흠모하려는 것이라는군요.

오시노 공작   아, 그녀는 오빠에 대한 사랑의 빛마저 그토록 애써 갚으려는 갸륵한 심정을 지녔는데, 큐피드의 황금 화살이 그녀의 마음속에 자리 잡고 있는 다른 온갖 감정을 쏘아 죽이고, 간장이며 뇌수며 심장 등의 왕좌들이 한 사람의 연인에게 점유된다면, 그 사랑은 얼마나 달콤하고 완전무결할 것인가! 아, 나를 화원으로 안내해라. 사랑의 마음은 나뭇가지 밑에서 쉴 때 가장 풍요로우니까. *(모두 퇴장한다.)*

1막 2장

바닷가.

🌸 *비올라, 선장, 선원들이 등장한다.*

비올라   이봐요, 여긴 어느 나라인가요?

선장   예, 일리리어라고 하지요.

비올라   일리리어에서 나는 어쩌면 좋아요? 오빠는 엘리지엄 Elysium에 갔어요. 아마도 익사했을 테지요. 선원 여러분은 어떻게 생각하세요?

선장	아가씨가 구조된 것만도 다행이지요.
비올라	아, 불쌍한 오빠! 부디 요행히 살아있길 빌어요.
선장	정말 그래요, 요행수가 있을지도 모르니까 너무 상심하지 말아요. 배가 부서지고 아가씨와 몇몇 구조된 분들이 떠밀려 가는 보트에 매달려 있을 때 말이지요. 당신 오빠는 침착하게, 용기와 희망을 잃지 않은 채, 바다 위에 떠 있는 돛대에 자기 몸을 매고서 돌고래 등에 올라앉은 아라이온 Arion처럼 파도를 익숙하게 다루고 있었다고요. 내 눈으로 똑똑히 봤거든요.
비올라	그렇게 말씀하시니 고마워요. 자, 이 돈을 받으세요. 제가 살아난 걸로 봐도 희망이 있기는 있군요. 게다가 선장님 말씀을 들어 보니 오빠가 혹시 살아 있을지도 모를 일이군요. 그런데 선장님은 이 나라를 잘 아시나요?
선장	예, 잘 알고 있지요. 나는 바로 여기서 세 시간이면 갈 수 있는 곳에서 태어나 자랐으니까요.
비올라	이곳의 영주는 어떤 분인가요?
선장	인품으로나 가문으로나 고상한 공작이지요.
비올라	이름은?
선장	오시노.
비올라	오시노라니! 우리 아버님이 그분 이야기를 하시는 걸 저는 들은 적이 있어요. 그때는 그분이 독신이었어요.
선장	지금도 그렇지요. 하여간 얼마 전까지도 그랬다고요. 한 달 전에 나는 이곳을 떠났는데 그때 소문이 나돌기를 말이에요. 글쎄, 높은 분들이 하는 일은 서민들의 화젯거리가 되기 마련이지만, 그분은 아름다운 올리비아에게 청혼을 했다더군요.
비올라	그 아가씨는 어떤 사람인가요?

선장	정숙한 아가씨지요. 약 일 년 전에 자기 아들, 즉 그녀의 오빠에게 그녀의 후견인 역할을 맡기고 죽은 어느 백작의 딸이기도 해요. 그런데 그 오빠마저 곧이어 죽었지요. 그래서 이 아가씨는 오빠에 대한 사랑을 잊지 못해서 남자들과는 교제도 안 할뿐만 아니라 얼굴조차도 대면하지 않겠다고 굳게 맹세했다는 군요.
비올라	아, 저는 그 공작을 모셔 봤으면 좋겠어요. 그리고 저의 신분이 세상에 알려지지 않은 채 살아가고 싶어요. 저에게 기회가 충분히 성숙할 때까지 말이에요.
선장	그건 좀 어려운 일 같군요. 그 아가씨는 그 누구의 요청도 들어주지 않으니까. 물론 공작의 요청까지도 말이지요.
비올라	선장님은 마음씨가 착한 분으로 보이는군요. 외관은 아름답지만 속이 더러운 사람도 때로는 있습니다만, 선장님은 외관이나 다름없이 착한 마음씨를 지닌 분으로 믿어져요. 은혜는 충분히 갚아드릴 테니까 제발 부탁이에요. 제가 남장을 하고 공작님을 모셔 볼까 하는데 선장님이 이 일을 좀 도와주세요. 저를 고자라고 공작님께 추천해주세요, 수고하신 보람이 있도록 해드리겠어요. 저는 노래도 부를 수 있고 음악 이야기라면 말 상대가 될 수 있으니까 그분을 잘 모셔 드릴 수 있을 거예요. 다른 이야기야 임기응변으로 해내지요, 뭐. 모두 제게 맡기시고 선장님은 그저 입만 다물어주세요.
선장	그러면 공작의 내시가 되어 보세요. 나는 아무 말도 않을 테니까. 만일 내가 혀를 놀려 허튼소리라도 한다면 나의 두 눈이 멀어 버리라고 하지요.
비올라	고마워요. 그럼 안내해주세요. *(모두 퇴장한다.)*

올리비아의 저택.

🍃 토비 벨취 경이 앉아서 술을 마시고 있고 그 앞에 마리아가 서
　있다.

토비	제기랄, 오빠의 죽음에 저토록 상심하다니 내 조카딸은 어찌된 셈이냐? 너무 상심하면 건강에 해로울 텐데.
마리아	정말이지 토비 경, 밤에는 좀 일찍 들어오세요. 늦게 들어오는 걸 당신 조카딸인 우리 아가씨가 알고는 정말 못마땅하게 여긴다고요.

토비	원, 못마땅하게 여긴다니. 지나간 일은 어쩔 수 없잖아.
마리아	하지만 정도 있게 노시고 체면은 지켜야 하잖아요.
토비	체면? 난 체면을 잃은 적이 없어. 옷차림도 이만하면 술 마실 만하고 장화도 그렇고 말이야. 아니라고 하는 놈은 자기 구두끈에 목을 매어 뒈지라고 해.
마리아	그렇게 꿀꺽꿀꺽 마시고만 있으면 몸에 해로워요. 어제도 아가씨가 걱정하시는 걸 저는 들었어요. 그리고 맞선을 보게 하려고 토비 경이 어느 날 밤 여기 데리고 왔던 그 바보 같은 기사 얘기도 하셨어요.
토비	누구? 앤드루 에이규치크 경 말인가?
마리아	그래요.
토비	아, 그 사람은 일리리어에서 그 누구보다도 못하지 않아.
마리아	그게 무슨 말씀이세요?
토비	그 사람의 일 년 수입이 삼천 더커트란 걸 알라고.
마리아	하지만 일 년 안에 다 탕진해 버릴 걸요, 뭐. 바보인데다가 낭비가 거든요.
토비	쳇, 무슨 소릴 하는 거야! 그 사람은 첼로를 켤 줄 알뿐만 아니라 여러 나라 말을 틀리지 않고 할 수 있단 말이야. 게다가 온갖 천부적인 재능을 구비했어.
마리아	그분은 참으로 천부의 재능을 많이도 구비했지 뭐예요. 미련한데다가 싸움꾼이니까요. 타고 난 비겁함이 싸움 기질을 요행히 누그러뜨려 주고 있으니까 망정이지, 그나마 안 그렇다면 아마 벌써 무덤 속에 들어가 있을 거라고 현명한 사람들 사이에는 소문이 자자하던데요.
토비	당치도 않은 말이야! 그 사람을 그렇게 말하는 자들은 명예를 훼

마을에서 농부들이 팽이를 때리며 몸을 녹이다.

　　　　 손하는 놈들, 파렴치한 놈들이야. 어떤 놈들이 그래?

마리아 　그뿐이 아니에요. 그분은 당신하고 매일 밤 술만 마신다고 하던
　　　　 데요.

토비 　그건 내 조카딸의 건강을 위해 축배를 드는 거야. 내 목구멍에 술
　　　　 이 넘어갈 수 있는 한, 이 일리리어 천지에서 술이 바닥이 날 때까
　　　　 지 나는 그 애를 위해 축배를 들 작정이야. 마을 팽이처럼 머리가
　　　　 빙빙 돌 때까지 말이야. *(토비가 마리아의 허리를 붙잡고 춤을 춘
　　　　 다.)* 이봐, 새침둥이! 좀 얌전해 보라고. 그런데 마침 앤드루 에이
　　　　 규치크 경이 오는군.

🍀 앤드루 에이규치크 경이 등장한다.

앤드루	토비 벨취 경! 어떻게 지내나, 토비 벨취 경?
토비	친애하는 앤드루 경!
앤드루	왈가닥 예쁜이, 잘 있었나?
마리아	안녕하세요? 저도 인사드려요.
토비	앤드루 경, 정식 인사를 하라고.
앤드루	정식 인사라니?
토비	내 조카딸의 시녀니까.
앤드루	그럼 인사하지. 아가씨, 앞으로 잘 부탁해요.
마리아	제 이름은 마리아라고 해요.
앤드루	그럼 마리아 아가씨, 아가씨에게 인사해요.
토비	그건 틀렸어. '인사' 란 건 여자 앞에 버티고 서서, 구애하고 설득하며 부딪친다는 뜻이야.

앤드루	원, 내가 지금 여기서 어떻게 버티고 서서 이 여자에게 부딪치란 말이야? '인사' 라는 말은 그런 뜻인가?
마리아	그럼 모두 안녕히 계세요. *(돌아서서 나가려고 한다.)*
토비	아니, 그렇게 놓쳐 버리면, 앤드루 경, 넌 기사의 체면이 서질 않아.
앤드루	이봐 아가씨, 그렇게 가버리면 칼을 빼는 기사가 무안을 당하잖아. 아가씨는 도대체 상대를 바보로 알고 있는 거요?
마리아	누가 당신을 상대한대요?

앤드류 경 : 마리아, 그럼 상대하게 해드리지요. 자, 악수합시다.

앤드루	마리아, 그럼 상대하게 해드리지요. 자, 악수합시다. *(손을 내민다.)*
마리아	*(악수하며)* 참, '생각하는 건 자유' 라더니. *(그의 손바닥을 들여다 보면서)* 술병이 얹혀 있는 선반에 당신 손을 들고 가서 당신 손에게 술을 먹여 드리세요.

앤드루	왜요, 아가씨? 그건 무슨 비유지요?
마리아	손에 물기가 너무 없으니까요.
앤드루	그야 물론이지. 난 손을 항상 적셔 두는 바보는 아니니까. 그런데 무슨 농담이 그래?
마리아	물기 없는 농담이지요.
앤드루	그런 농담을 많이 가지고 있나?
마리아	그럼요. 그런 농담쯤은 제 손가락 끝으로 다뤄요. 아, 이제 악수가 끝났으니, 저는 이제 아무렇지도 않아요. *(그녀는 악수한 손을 놓고 절을 하고 퇴장한다.)*

토비	*(앉아서)* 아, 이봐, 넌 술이 덜 찬 거야. 한 번 당한 셈이로군.
앤드루	이렇게 당해 보긴 처음이야. 하기야 술한테는 당해봤지만 말이야. *(토비 벨취 경 곁에 앉으며)* 내 지혜는 때때로 그리스도 교도나 일반인들의 지혜보다 더 낫다고 생각되지는 않아. 내가 아마도 쇠고기를 많이 먹은 탓에 지혜가 무뎌지는 모양이야.

토비	그럴 테지.
앤드루	그걸 알았다면 난 그걸 단념했어야만 했어. 토비 경, 난 내일 고향에 돌아가겠어.
토비	이 사람아, pourquoi(왜, 프랑스어)?
앤드루	'뿌르꾸와' 라니? 그러란 말인가, 그러지 말란 말인가? 검술이나 춤이나 곰 놀리기에 보낸 시간을 내가 여러 외국어를 공부하는데 바쳤으면 좋았을 거야! 아, 외국어 공부를 해뒀으면 좋았을 걸!
토비	그랬더라면 네 머리의 머리카락도 좋아졌을 테지.
앤드루	아니, 그랬더라면 내 머리카락이 좋아졌을 거란 말인가?
토비	당연하지. 네 머리는 원래 곱슬머리는 아니니까.
앤드루	그렇지만 보기 흉한 머리카락은 아니잖아.
토비	그야 멋있는 머리카락이고 말고! 실감개 막대에다 감아 놓은 튼튼한 실 같지. 어느 아낙네가 너를 자기 가랑이에다 끼워 가지고 네 머리카락을 잡아 대는 꼴 좀 봤으면 좋겠어!
앤드루	토비 경, 난 정말 내일 고향에 돌아갈 생각이야. 네 조카딸은 만나볼 수도 없고, 만나봤자 거절당할 건 뻔한 일인 데다가, 바로 근처의 공작인지 뭔지가 그녀에게 청혼하고 있다니까.
토비	공작인가도 허탕 칠 거야. 그 애는 신분이나 나이나 지식이 자기보다 더한 사람은 상대하지 않을 테니까. 본인이 그렇게 맹세하는 걸 내 귀로 들었거든. 그러니까 넌 아직 낙담하지 말라 이거야.
앤드루	그럼 한 달만 더 머물러 있을까? 나는 원래 묘하게 생긴 놈이라서 가장 무도회와 흥청망청 떠들기를 좋아하거든.
토비	재미있게 놀기를 좋아하는 모양이로군.
앤드루	그야 나는 일리리어에서 나보다 신분이 낮은 사람에게는 그 누구한테도 지지 않지. 하지만 전문가들과 비할 수는 없어.

토비	세 박자의 빠른 춤은 어떤 걸 잘하나?
앤드루	케이퍼(*뛰기 춤*)를 잘하지.
토비	케이퍼라니, 고깃국 말인가? 그럼 난 양고기나 내야겠군.
앤드루	백 트릭(*거꾸로 뛰기 춤*)도 이 일리리어에서는 아마 내가 제일 잘 할거야.
토비	아니, 그런 재주를 무엇 때문에 감춰 두고 있어? 무엇 때문에 그런 재주 앞에 장막을 쳐놓고 있는 거야? 창녀 집 '멜 Mall' 아줌마네 간판처럼 먼지가 낄까 봐서 그러는 건가? 원, 교회에 갈 때도 삼박자의 쿵작작 춤을 추면서 가고, 돌아올 때는 이 박자의 지화자 춤을 추며 돌아올 수 있잖아? 나 같으면 평소 걸어갈 때도 허리춤을

토비 경 : 아니야. 그건 다리와 허벅지의 별이야. _케니 매도우 작

추겠어. 오줌을 눌 때도 오 박자의 엉덩이춤을 추지 않고서는 배겨나지 못하겠어. 그런데 대체 어쩌자는 거야? 요즘 세상에 그런 재주를 숨겨두겠다는 거야? 나는 너의 훌륭한 다리를 볼 때마다 네가 경쾌한 삼박자 춤의 별 아래 태어났다고 생각하고 있어.

앤드루   아무렴, 내 다리는 튼튼해. 그리고 이렇게 진한 빛깔의 양말이 안성맞춤이지. 그러면 한바탕 흥청대며 놀아볼까?

토비   그렇게 하지 않고서야 우리가 뭘 할 게 있어? 우린 황소자리 밑에서 태어나지 않았냐 말이야.

앤드루   황소자리라니! 그건 옆구리와 염통의 별이야.

토비   아니야. 그건 다리와 허벅지의 별이야. 자, 너의 뛰기 춤을 구경해 보자. *(앤드루가 뛰기 춤을 춘다.)* 하! 더 높이. 핫, 아, 참, 잘한다! *(두 사람이 퇴장한다.)*

1막 4장

오시노 공작의 저택, 한 방.

�${}$ 밸런타인과 남장을 한 비올라('세자리오'라고 불린다.)가 등장한다.

밸런타인   세자리오, 너에 대한 공작의 총애가 계속된다면 넌 아마 출세할 거야. 공작은 너를 알게 되신 지 사흘밖에 안 되는데 벌써 너를 퍽 친근히 여기시거든.

비올라 　　　'공작의 총애가 계속된다면' 이라는 말은 공작이 변덕스럽거나 제가 태만하다거나 하는 걸 염려하는 말 같군요. 공작은 그렇게 변덕스런 분이신가요?

밸런타인 　　그런 뜻은 절대로 아니야.

비올라 　　　고마워요. 저기 공작이 오시는군요.

🌸 오시노 공작, 큐리오, 시종들이 등장한다.

오시노 공작 　이봐, 누군가 세자리오를 못 봤느냐?

비올라 　　　여기 대령하고 있어요, 공작 전하.

오시노 공작 　다른 사람들은 잠시 물러가라. (큐리오와 시종들이 물러난다.) 세자리오, 너는 모든 걸 알고 있을 거야. 나는 심지어 나의 영혼의 밀서까지도 너에게 펼쳐 보여 주었거든. 그러니까 이봐, 아가씨에게 가서 뵈러 왔다고 해라. 거절을 당하더라도 너는 문간에 지키고 선 채, 발에서 뿌리가 돋아난다 해도 아가씨를 뵙기 전에는 물러가지 않겠다고 말하라 이거야.

비올라 　　　그렇지만 공작 전하, 그 아가씨는 들리는 말처럼 슬픔에 잠겨 있다면 좀처럼 저를 만나 주지 않을 것 같은데요.

오시노 공작 　예의범절에 구애될 거 없이 마구 떠들어대 주란 말이야. 아무 소득도 없이 돌아오지는 말고.

비올라 　　　아가씨를 뵙게 된다면 저는 어떻게 할까요?

오시노 공작 　아, 나의 사랑의 열렬함을 전하고, 나의 진정한 마음의 자초지종을 알려줘서 그녀의 마음을 공격해라. 나의 고민을 대신 말해주는

데는 네가 적임자야. 그녀도 까다로운 낯짝을 한 사람보다는 너와 같은 청년이라면 반겨줄 거야.

비올라   저는 조금도 그렇게 생각하지 않아요.

오시노 공작   이봐, 내 말은 틀림없어. 너를 어른이라고 하는 사람들은 너의 놀랄 만한 젊음을 외면하는 자들이야. 다이아나 Diana의 입술도 네 입술보다 더 부드럽지 않고, 더 빨갛지도 못해. 그리고 너의 귀여운 음성은 소녀의 음성처럼 부드럽고 상쾌해. 모조리 여자의 것을 닮았거든. 그러니까 너는 전적으로 이 일에 적합하단 말이야. *(시종들에게)* 너희는 서너 명이 따라가라. 모두 다 따라가도 괜찮아. 내 곁에 아무도 없는 게 나로서는 오히려 좋으니까. 잘 부탁해. 잘만 되면 내 재산을 너에게 물려주고 네가 나와 못지않게 호강하도록 해주겠어.

비올라   최선을 다해 아가씨를 설득해 보겠어요. *(혼잣말로)* 하지만, 아, 딱한 일이야! 설득은 해보겠지만, 공작의 아내가 되고 싶은 건 사실은 나 자신인 걸. *(모두 퇴장한다.)*

1막 5장

올리비아의 저택, 한 방.

🌿 *뒤쪽에 훌륭한 의자가 놓여 있다. 마리아와 광대가 등장한다.*

마리아	아니, 어디 갔었는지 말해 봐. 말하지 않는다면 너를 위한 변명에는 털 한 올이 들어갈 만큼도 난 입을 열지 않을 테야. 그렇게 집을 비웠으니 넌 아가씨한테 교수형을 당할 거라고.
광대	날 교수형에 처하라지요. 교수형을 당해 버리면 이제 천하에 무서울 게 뭐야?
마리아	그게 무슨 소리냐?
광대	아무것도 못 보게 되니 무서울 것도 없을 게 아니냐고요.
마리아	정말 그럴 듯한 대답이로군. 무서울 게 없다는 말이 어디서 나온 줄이나 알고 하는 소리야?

마리아 : 그래 봤자 너는 집을 오래 비워 둔 죄로 교수형이야. _ W. H. 로빈슨 작

광대	마리아 아줌마, 그게 어디서 나온 말인가요?
마리아	전쟁에서 나온 말이지. 넌 어디서 그렇게 주책없이 바보 소릴 지 껄여 대는 거야?
광대	아, 신이여, 지혜를 가진 자들에게 지혜를 주십시오. 그리고 바보들에게는 자기 재능을 발휘하게 해 주십시오.
마리아	그래 봤자 너는 집을 오래 비워 둔 죄로 교수형이야. 아니면 모가지가 잘리는 거야. 교수형이나 모가지가 잘리는 거나 너에게는 매일반 아냐?
광대	교수형을 당하면 그 덕분에 왈가닥 여편네를 모면하게 될 테고, 모가지가 잘리면 여름엔 밖으로 내쫓겨도 상관없지.
마리아	그럼 넌 이미 각오한거야?
광대	그렇지는 않아. 하지만 난 두 가지를 각오했어.
마리아	한쪽이 풀어지면 다른 쪽이 버티고, 양쪽이 다 풀어지면 바지가 흘러내려 간단 말이로군.
광대	맞았어. 바로 그대로야. *(마리아가 가려고 돌아선다.)* 그럼 잘 가. 하지만 만일 토비 경이 술을 끊기만 한다면, 너 같은 똘똘이는 일리리어에서 제일가는 아내감이 될 텐데 어때?
마리아	이 망나니야, 닥치지 못해? 그따위 소릴 또 했단 봐라. 저기 아가씨가 오시는군. 넌 정신 차리고 빌기나 잘해 봐. *(마리아가 퇴장한다.)*

🌺 *올리비아가 검은 상복 차림으로 등장하고 맬볼리오와 시종들이 뒤따르고 있다. 올리비아는 의자에 앉는다.*

광대	*(모든 사람들을 못 본 척하고)* 지혜여, 제발 내가 근사하게 바보짓

을 하게 해달라고요! 지혜를 가졌다고 자처하는 영리한 사람들이 흔히 바보짓을 하지만 나는 지혜가 없는 바보이면서 제법 똑똑한 사람으로 통하거든. 퀴나팔러스 Quinapalus 선생은 뭐라고 했더라? '영리한 바보는 미련한 현자보다 낫다' 고 했지. *(돌아서서)* 인사드려요, 아가씨!

올리비아   이 광대를 끌어내요.

광대   이놈들아, 못 들었어? 아가씨를 끌어내가란 말이야.

올리비아   흥, 이 시들어버린 바보를 좀 봐. 넌 지금 쓸모가 없으니까 물러가 있어. 게다가 요즘에는 버릇이 없어.

광대   아가씨, 내 버릇이라야 두 가지뿐인데, 그거야 술과 충고만 있으면 고쳐질 수가 있지요. 시들어버린 바보는 술을 먹이면 축축해질 거요. 그리고 행실이 나쁜 자에게는 버릇을 고치라고 분부해 보세요. 그래도 버릇을 안 고친다면 재단사에게 부탁해 보세요. 재단사는 뭐든지 다 고쳐 놓을 거요. 이것저것 갖다 붙이면 될 테니까요. 죄를 범한 미덕이란 곧 죄를 갖다 붙여 놓은 것이고, 보상된 죄란 곧 미덕을 갖다 붙여 놓은 것이지요. 이 간단한 삼단 논법이 맞으면 그만인데, 안 맞으면 어떡한다? 오쟁이를 지는 신세가 되느니, '재앙이여, 너를 아내로 삼겠다. 미인의 생명은 꽃처럼 짧으니까.' 이런 말도 있잖아요? 아가씨는 광대를 끌어내라고 말했지요. 그러니까 내가 다시 말하지만, 자, 어서 아가씨를 끌어내란 말이야.

올리비아   나는 널 끌어내라고 말한 거야.

광대   그건 가장 어마어마한 착각이라고요! 아가씨, 성직자의 모자를 썼다고 해서 반드시 성직자는 아니라는 말이 있거든요. 내가 광대 옷을 입었다고 해서 머릿속까지 바보는 아니라고 하는 것이나 마찬가지라고요. 죄송하지만 아가씨가 바보라는 걸 증명해 드릴까요?

올리비아	네가 그걸 증명할 수 있다고?
광대	그럼요. 물론 재치 있게 말이에요.
올리비아	어디 증명해 봐.
광대	그러면 난 교리문답식으로 해야겠는데, 자, 얌전하신 아가씨, 대답해 보세요.
올리비아	자, 나는 다른 할 일도 없고 하니, 그 증명이나 들어 보자.
광대	좋아요. 아가씨는 무엇을 그렇게 슬퍼하고 있지요?
올리비아	이 바보 좀 봐. 그야 오빠가 죽었으니까 그렇지.
광대	그러면 오빠의 영혼은 아마 지옥에 가 있는 모양이군요.
올리비아	이 바보야, 오빠의 영혼은 천당에 가 있어.
광대	그러니까 아가씨는 더욱더 바보란 말이에요. 오빠의 영혼이 천당에 가 있는데도 슬퍼하니까요. 여러분, 이 바보를 끌어내란 말이야.

어릿광대 : 오빠의 영혼이 천당에 가 있는데도 슬퍼하니까요.

올리비아	맬볼리오, 이 광대를 어떻게 생각해? 단수가 높아진 것 같지?
맬볼리오	예, 그래요. 죽음의 고통으로 몸부림칠 때까지 단수가 높아져 갈 테지요. 요즘에는 현명한 사람도 망령이 날 판인데 광대인들 여부가 있겠어요?
광대	하느님, 저분에게 빨리 망령을 내려 주세요. 저 우둔함이 더욱 우둔해지도록 말이에요! 토비 경만 해도 설마 나를 수재라고 말하지는 않을 테지만, 당신이 바보가 아니라는 것에 내기를 걸라고 한다면 단 돈 두 푼 거는 내기도 마다할 거요.
올리비아	저 말에 뭔가 대꾸를 해야 되잖아, 맬볼리오?
맬볼리오	아가씨가 저 천박한 건달에게 홍미를 느끼시다니 기가 막히는군요. 며칠 전만 해도 저는 저놈이 돌대가리 같은 평범한 광대한테 당하고 있는 걸 봤다고요. 저거 보세요. 저놈이 벌써 저렇게 꼼짝달싹도 못하잖아요. 아가씨가 웃으시고 기회를 주시기 전에는 함부로 입을 열지 못해요. 제가 단언하지만, 저 정도의 바보짓을 보고 폭소하는 사람은 아무리 현명하다 해도 결국 바보를 도와주는 역할에 불과하다고요.
올리비아	아, 맬볼리오, 너는 자기 자신을 사랑하는 병에 걸려 있어. 그러니까 어느 것을 먹든 입맛이 없을 수밖에는 없지. 관대하고 사심이 없으며 자유스런 성품을 지닌 사람에게는 장난감 화살밖에 안 되는 걸, 넌 포탄이라고 생각하고 있는 거야. 공인받은 광대의 비방은 욕이 되지 않아, 분별 있는 사람의 정당한 비방이 욕이 안 되는 것처럼 말이야.
광대	아가씨가 이 바보를 변호해 주시다니! 자, 거짓말의 수호신 머큐리 Mercury여, 아가씨에게 거짓말 솜씨를 내려주세요!

마리아가 다시 등장한다.

마리아 아가씨, 문 밖에 어떤 젊은이가 찾아와서 아가씨를 꼭 만나뵙겠다고 해요.

올리비아 오시노 공작한테서 온 분이냐?

마리아 잘 모르겠어요, 아가씨. 잘생긴 청년인데 훌륭한 부하들을 거느리고 왔어요.

올리비아 지금 누가 응대하고 있지?

마리아 아가씨의 숙부인 토비 경이지요.

올리비아 그 어른 같으면 제발 물러서 있게 해라. 미치광이 같은 말만 하시니까 말이야. 그 어른은 안 돼! *(마리아가 퇴장한다.)* 맬볼리오, 네가 가 봐. 만일 공작이 청혼하러 보낸 사람이라면 내가 병이 들었다든가 집에 없다든가 둘러대. 어쨌든 돌려보내란 말이야. *(맬볼리오가 퇴장한다.)* 그런데 광대야, 네 익살은 이미 낡았어. 그래서 사람들이 싫어하는 거야.

광대 아까는 아가씨가 저를 변호해 주셨지요. 앞으로 아가씨의 맏아들을 광대로 만들기라도 할 것처럼 말이에요. 조우브 Jove 신이여, 저 맏아들의 머리에는 뇌수가 가득 차게 해주십시오! 왜냐하면 아, 아가씨의 집안 어른이 마침 오시는데 저 어른이 몹시 빈약한 뇌수를 가지셨거든요.

토비 벨취 경이 비틀거리면서 들어온다.

올리비아 아마 아직도 취해 계시는 모양이야. 아저씨, 문 밖에 찾아온 분은 누구예요?

토비	*(취한 목소리로)* 신사야.
올리비아	신사? 어떤 신사인데요?
토비	그 신사는 말이야. *(딸꾹질을 한다.)* 제기랄, 소금에 절인 청어 같은 자식인데 말이야. *(광대가 웃는다.)* 어이, 주정뱅이 바보!
광대	토비 경, 안녕하세요?
올리비아	아니, 아저씨, 웬 일이세요? 이렇게 아침나절부터 정신이 흐릿해서 말이에요.
토비	호색이라니! 난 호색은 싫어. 대문 밖에 누가 와 있어.
올리비아	아니, 그러니까 누구냔 말이에요?
토비	악마라면 악마일 테지. 나야 상관없어. 나에게 '신앙'을 달라 이거야. *(문으로 비틀거리며 걸어간다.)* 그래도 매일반이야. *(퇴장한다.)*
올리비아	사람이 취하면 뭐 같으냐?
광대	익사자나 바보나 미치광이와 같아요. 한 잔 마시면 바보가 되고,

토비 경 : 나에게 '신앙'을 달라 이거야. _ W. H. 로빈슨 작

	다음 잔은 미치게 하고, 그 다음에는 익사하게 되니까요.
올리비아	넌 빨리 검시관을 불러와서 아저씨를 검사하도록 해라. 아저씨는 지금 말한 세 번째 단계 정도로 취해 있으니까 익사해 버린 거야. 네가 가서 돌봐 드려라.
광대	아니, 그분은 고작 미쳐 있을 거예요, 아가씨. 그러니까 바보가 미치광이를 돌봐 주게 되겠군요. *(토비 벨취 경의 뒤를 따라 퇴장한다.)*

🌸 *맬볼리오가 다시 등장한다.*

맬볼리오	아가씨, 어떤 젊은이가 꼭 뵙고 전할 말씀이 있다고 하네요. 아가씨는 지금 병환중이라고 제가 말하니까, 그는 벌써 그걸 알고 있다고 하면서, 그러니까 직접 뵙고 전할 말이 있다는 거예요. 또 지금 취침중이시라고 했더니, 그것도 미리 알고 온 모양으로 그러기에 더욱더 뵙겠다고 했어요. 저는 어떻게 말을 해야 좋을까요, 아가씨? 아무리 거절해도 그는 끄떡도 하지 않거든요.
올리비아	나는 만나 줄 수 없다고 가서 전해라.
맬볼리오	그렇게 미리 말해 봤지만, 그는 시청 정문의 말뚝처럼 버티고 선 채, 의자 다리처럼 되는 한이 있어도 기어코 아가씨를 뵙겠다는 거예요.
올리비아	어떤 사람인데?
맬볼리오	그저 보통 사람이지요.
올리비아	태도는 어때?
맬볼리오	태도는 매우 좋지 못해요. 좌우간 뵙겠다고만 해요.
올리비아	어떤 인물이며, 몇 살이나 되어 보이는데?
맬볼리오	어른은 채 못되고, 그렇다고 소년도 아니지요. 콩알이 다 익기 직전

의 풋콩, 겨우 여문 풋사과, 즉 어른과 아이의 중간에 속하는 사람, 말하자면 잔잔한 물 때 같다고나 할까요? 생김새도 그럴 듯하고 말솜씨도 좋아요. 아직 어머니의 젖살이 덜 빠졌다고나 하겠지요.

올리비아　이리 안내해라. 시녀도 불러들이고 말이야.

맬볼리오　*(문쪽으로 가면서)* 이봐, 시녀, 아가씨가 부르신다고. *(퇴장한다.)*

🌼 *마리아가 다시 등장한다.*

올리비아　베일을 이리 줘. 자, 내 얼굴에 씌우라고. 한 번만 더 오시노 공작이 보낸 사람을 만나 볼 테니까. *(마리아가 베일을 씌워 준다.)*

🌼 *세자리오로 변장한 비올라가 등장한다.*

비올라　이 댁의 아가씨는 어느 분이신가요?

올리비아　내가 대신 대답해줄 테니까 말해 봐요. 용건이 뭐지요?

비올라　참으로 빛나고, 절묘하고, 비할 데 없이 아름다운 아가씨! 당신이 이 댁의 아름다운 아가씨라면 그렇다고 말씀해 주세요. 저는 초면이니까요. 보람 없는 말을 지껄이고 싶지는 않아요. 그뿐만 아니라 매우 훌륭하게 엮은 말이라서 저는 그걸 외우느라고 무척 애를 썼으니까요. 아가씨들은 제발 빈정대지 마세요. 조금이라도 냉대를 받으면 저는 금방 마음이 토라지는 사람이니까요.

올리비아　어디서 오셨지요?

비올라　저는 연습한 것 이외에는 말씀드릴 수가 없어서 그 질문에는 대답이 어렵겠군요. 당신이 이 댁의 아가씨라면 제발 그렇다고 말씀해 주세요. 마련해온 말을 제가 해드릴 테니까요.

올리비아	당신은 희극 배우인가요?
비올라	천만에요. 하지만 험담 들을 걸 각오하고 말씀드리겠지만, 저는 지금 하고 있는 대로의 인물은 아니지요. 그건 그렇고, 당신이 이 댁의 아가씨인가요?
올리비아	그래요. 내가 나 자신을 기만하고 있지 않다면 말이에요.
비올라	당신이 이 댁의 아가씨가 틀림없다면 아가씨는 자기 자신을 기만하고 계시지요. 내어 줄 것을 내어 주지 않은 채 간직하시는 것은 비록 그것이 자기 것이라 해도 불법이지요. 그러나 지금 드린 말씀은 분부에서 벗어난 역할이에요. 우선 아가씨를 찬양하고 나서 제가 전할 말씀의 골자를 말하겠어요.
올리비아	찬양의 말은 생략하고 그 핵심만 말해 봐요.
비올라	그렇지만 저는 그걸 암송하느라 무척 고생을 했는걸요. 게다가 그건 시처럼 되어 있다고요.
올리비아	그럼 더욱더 거짓이겠군요. 제발 그건 그냥 넣어 두세요. 사실은 당신이 문 밖에서 예절 없이 군다고 하기에 도대체 어떤 분인가 궁금해서 만나준 것이지, 당신 얘기를 들어 보자는 게 아니라고요. 미친 사람이 아니라면 어서 돌아가세요. 혹시라도 분별력이 있는 사람이라면 간단히 말해 보고요. 지금 나는 그렇게 장황하게 당신을 상대할 만큼 시간이 많지 않거든요.
마리아	*(비올라가 손에 들고 있는 모자를 가리키며)* 자, 여기 뱃길이 있으니까 돛을 올리세요. *(문을 열고 비올라를 밀어낸다.)*
비올라	*(저항하며)* 쳇, 알뜰한 갑판 청소부로군. 난 여기 좀 더 정박하고 있어야겠어요. 아가씨, 이 키다리 *(난쟁이)* 여자를 좀 진정시켜 주세요.
올리비아	그러면 속마음을 말해 보세요.

비올라	저는 단지 보내진 사람에 불과해요.
올리비아	그렇게 굉장히 예의를 차리시는 걸 보니 어마어마한 내용을 말할 모양이군요. 좋아요. 당신이 분부받아 온 걸 말해 봐요.
비올라	아가씨 귀에만 전해드릴 내용이에요. 그렇다고 선전 포고를 하거나 항복의 재촉을 하러 온 건 아니지요. 제 손에는 올리브 가지가 쥐어져 있거든요. 제가 드릴 말씀은 온전하고도 충실한 내용이라고요.
올리비아	하지만 처음에는 당신이 대단히 불손했다고 하던데요. 도대체 당신은 누구예요? 무슨 일로 왔어요?
비올라	제가 불손하게 보였다면 그것은 푸대접을 받았기 때문에 그렇게 된 일이에요. 나의 신분과 용무는 처녀의 정조만큼이나 비밀이고요. 또한 아가씨 귀에는 성경스런 말이지만 다른 사람이 들으면 건전하지 못한 말이거든요.
올리비아	다들 좀 비켜 줘, 난 그 성경스런 말을 들어 보겠어. *(마리아와 시종들이 퇴장한다.)* 자, 그 본문의 문구는 뭐냐?
비올라	아름다운 아가씨.
올리비아	매우 좋은 교리로군요. 그리고 굉장한 내용이 되겠네요. 본문은 어디에 있나요?
비올라	오시노 공작의 가슴 속에 있지요.
올리비아	그분 가슴 속이라니! 가만 있자, 가슴 속의 제 몇 장에 있나요?
비올라	그런 식으로 대답하자면 그분의 심장 제1장에 있어요.
올리비아	아, 난 이제 다 읽었어요. 이건 사교로군요. 할 이야기가 더 있나요?
비올라	아가씨, 얼굴을 좀 보여 주세요.
올리비아	내 얼굴과 협상하라는 분부라도 받았나요? 당신은 본문에서 벗어

비올라 : 아가씨, 얼굴을 좀 보여주세요.

낳어요. 그렇지만 난 베일을 젖히고 내 얼굴을 보여드리겠어요.
(베일을 벗는다.) 자! 보세요. 나는 원래 이렇게 생겼다고요! 어때
요?

비올라 　　참으로 아름다운 신의 걸작이에요.

올리비아 　이건 본색이에요. 풍우에도 변하지 않아요.

비올라 　　정녕 붉은빛, 하얀빛이 골고루 든 아름다움이에요. 참으로 자연의
　　　　　미묘한 솜씨로군요. 한 장의 복사도 세상에 남겨 놓지 않은 채 그
　　　　　아름다움을 그냥 무덤으로 가져가신다면 아가씨야말로 가장 잔
　　　　　인한 분이지요.

올리비아 　나는 마음씨가 그렇게 잔인한 여자는 아니에요. 이 아름다움을 빠
　　　　　짐없이 명세서에 기록해 두겠어요. 하나하나 명세서를 작성하여
　　　　　유언장에 적어 놓겠어요. 품목 1, 어지간히 빨간 입술 두 개. 품목

2, 눈꺼풀이 있는 파란 눈 두 개. 품목 3, 목 하나, 턱 하나 등등. 그런데 그분은 나를 칭찬하라고 당신을 보내시던가요?

비올라 알고 보니, 아가씨는 품위가 너무 높으시군요. 하지만 아가씨가 악마라 하더라도 아름답군요. 저의 주인이신 공작은 당신을 사랑하고 계신다고요. 아, 아가씨가 아무리 절묘한 미를 지녔다 해도 그러한 사랑에는 보답할 수가 없다 이거요!

올리비아 그분은 나를 어떻게 사랑하고 계신가요?

비올라 온갖 연모와 풍요로운 눈물로, 우레 같은 신음과 불길 같은 탄식으로 사랑하고 계시지요.

올리비아 당신 주인은 제 심정을 잘 알고 계실 거예요. 저는 그분을 사랑할 수 없어요. 그분이 덕망도 있고 고결하고 영토도 넓으며, 젊고 단

올리비아 : 자! 보세요. 나는 원래 이렇게 생겼다고요! 어때요? _ C. R. 레슬리 작

정한 분이라는 건 저도 잘 알고 있어요. 세상의 평판도 좋고 활달하고 학식도 있고 용맹하며, 체격도 자태도 훌륭하신 분이란 건 저도 알고 있어요. 하지만 사랑을 할 수는 없어요. 그분은 벌써 오래 전에 저의 이런 대답을 받았을 거예요.

비올라	제가 만일 저의 주인처럼 이글대는 정열을 품은 채 그토록 고민하며 그토록 목숨을 걸고 아가씨를 사랑한다면, 그런 거절이 귀에 들릴 리가 있겠어요? 저로서는 도저히 이해할 수가 없을 것 같군요.
올리비아	그럼 당신 같으면 어떻게 하겠어요?
비올라	이 집 문 앞에 버드나무 가지로 오두막집을 지어 놓고 이 집 안에 있는 저의 영혼인 아가씨를 소리쳐 부르겠어요. 무시된 사랑이 변하지 않는다는 사실을 표시한 것을 노래로 지어 한밤중에도 소리 높이 노래하겠어요. 그리고 당신의 이름을 불러 대서 산울림을 일으키는가 하면, 재잘거리는 공기가 '올리비아!' 하고 소리치게 만들겠어요. 아, 저를 가엾게 여겨 주지 않는 한 아가씨가 이 천지 사이에서 편히 쉴 곳이 없게 만들겠다고요.
올리비아	당신은 그럴 것도 같군요. 어떤 가문에서 태어났지요?
비올라	저의 현재의 신분 그 이상의 가문에서 태어났지요. 하지만 지금의 형편도 괜찮아요. 저는 신사거든요.
올리비아	당신 주인에게 돌아가서 알리세요. 저는 그분을 사랑할 수 없다고 말이에요. 이제 더 이상 사람을 보내지도 말라고 하세요. 혹시라도 그분이 내 말을 어떻게 생각하는지 말해 주려고 당신이 또 온다면 그건 괜찮아요. 그럼 안녕히 가세요! 수고가 많았어요. 자, 이건 당신 수고에 대한 보답이에요. (돈을 주려고 한다.)
비올라	저는 고용된 사람이 아니라고요. 아가씨, 돈지갑은 도로 넣으세요. 보상을 받을 분은 제가 아니고 저의 주인이지요. 사랑의 신이

여! 아가씨가 앞으로 사랑하게 될 남자의 마음을 부싯돌처럼 만들고, 아가씨의 정열은 저의 주인의 정열처럼 경멸을 받게 해주십시오! 아름답고 냉정한 아가씨, 안녕히 계세요. *(퇴장한다.)*

올리비아 '어떤 가문에서 태어났지요?' 하고 내가 물으니까, 그는 '저의 현재의 신분 그 이상의 가문에서 태어났지요. 하지만 지금의 형편도 괜찮아요. 저는 신사거든요.' 하고 대답했어. 물론 신사인 건 틀림없을 거야. 말씨며 얼굴이며 수족이며 거동이며 기백은 그가 훌륭한 신사라는 걸 분명히 보여 주고 있거든. 내가 어쩌면 이렇게 성급하게 서두른단 말이냐! 진정해, 진정하라고! 주인과 하인의 지

베일을 벗는 올리비아

위가 바뀌지는 않을 테니까. *(명상에 잠긴다.)* 아! 어느새 내가 이렇게 금세 이런 열병에 걸려 버린 거야? 저 젊은이의 미모가 나도 모르게 살며시 내 눈 속에 숨어 들어왔나 봐. 이젠 할 수 없어. 이봐, 맬볼리오!

🌸 맬볼리오가 다시 등장한다.

맬볼리오　아가씨, 여기 대령하고 있어요.

올리비아　아까 그 심술쟁이 청년의 뒤를 쫓아가 보라고. 공작의 하인 말이야. 나의 의향은 물어 보지도 않은 채 여기 반지를 놓아두고 갔는데 이런 건 나한테 소용없다고 말해 주라고. 그의 주인에게 아첨의 말을 한다든가 희망을 품게 해서는 안 된다고도 전해. 나는 그분이 마음에 없으니까. 만일 그 젊은이가 내일 다시 찾아온다면 나는 그 이유를 말해 주겠어. 빨리 가봐, 맬볼리오.

맬볼리오	예, 그렇게 하지요. *(서둘러 퇴장한다.)*
올리비아	어찌 된 일인지 나도 모르겠어. 눈이 아찔해서 마음까지 멍멍해졌나 봐. 운명아, 네 마음대로 해라. 이젠 나도 어쩔 수 없어. 숙명이란 어쩔 수 없으니까, 될 대로 되란 말이야. *(퇴장한다.)*

바닷가.

🦋 앤토니오의 집 앞. 앤토니오와 세배스티언이 등장한다.

앤토니오 더 이상 머무르지 않겠다는 건가요? 내가 따라가는 것도 안 된다
이건가요?

세배스티언	그래요. 미안해요. 나의 별에는 검은 운명이 따라다니거든요. 나의 불운이 당신에게 영향을 끼칠는지도 모르고요. 그래서 나는 당신과 작별하기를 바라지요. 불운은 나혼자 감당하려고 하니까 여기서 작별합시다. 당신에게 조금이라도 재앙이 닥치게 된다면 나는 당신의 사랑을 원수로 갚는 게 되거든요.
앤토니오	정 그렇다면 행선지라도 가르쳐 줘요.
세배스티언	안돼요. 나의 행선지라고 해야 정처 없는 방랑이거든요. 하지만 당신은 매우 겸손한 사람으로 내가 감춰두려고 하는 걸 묻지도 않는군요. 그러니까 예의상 오히려 내가 얘기해 주겠어요. 앤토니오, 내 이름은 로데리고 Roderigo라고 했지만 사실은 세배스티언이지요. 당신도 아마 소문을 들었겠지만 우리 아버지는 메살린 Messaline 시의 세배스티언이에요. 아버지가 돌아가신 뒤, 나 하고 내 누이동생이 남았지요. 우리 둘은 쌍둥이였어요. 될 수만 있었다면 우리 둘은 같이 죽었어야 했죠! 그걸 당신이 바꿔 놓았다고요. 당신이 무섭게 밀려오는 큰 파도에서 나를 구출해 주기 한두 시간 앞서, 내 누이동생은 익사했으니까요.
앤토니오	아, 저런!
세배스티언	내 누이동생은 나를 꼭 닮았어요. 그래도 많은 사람들이 내 누이동생을 미인이라고 했지요. 그 애에 대한 과찬이야 믿을 수가 없겠지만 그래도 나는 이렇게 단언할 수 있어요. 그 애의 마음씨는 시기하는 사람들마저도 칭찬하지 않을 수가 없다고요. 그 애는 이미 바다에서 익사해 버렸어요. 이제는 그 애에 관한 추억마저 나의 눈물 속에서 익사할 것만 같아요.
앤토니오	내가 대접도 잘 해주지 못해서 미안하군요.
세배스티언	아, 친절한 앤토니오, 폐를 끼쳐서 내가 미안해요.

앤토니오   내가 실망 때문에 죽게 만들지 않으려면 당신과 함께 동행하도록 해주세요.

세배스티언   지금까지 당신이 베푼 친절을 헛되게 하지 않으려면, 그러니까 당신 자신이 살려 놓았던 사람을 죽이지 않으려면, 그건 바라지 말아요. 빨리 작별합시다. 내 가슴은 미어질 것 같아요. 게다가 우리 어머니와 똑같은 기분이 되어서 내가 자칫하면 눈물을 보일지도 모르거든요. *(악수를 하고)* 나의 목적지는 오시노 공작의 궁정이지요. 그럼 안녕히 계세요! *(퇴장한다.)*

앤토니오   모든 신들의 축복을 받으세요! 오시노 공작의 궁정에는 나의 적들이 많이 있어요. 그렇지만 않다면 내가 당신을 당장 따라갈 텐데 말이에요. 하지만 난 어떠한 봉변을 당해도 상관없어요. 나는 당신을 무척 숭배하니까 위험 따위는 장난이나 마찬가지라고요. 그러니까 나는 기어이 따라갈 테요. *(퇴장한다.)*

앤토니오와 세배스티언

거리.

🦋 올리비아의 집 근처. 비올라가 나타나고 그 뒤를 맬볼리오가
   쫓아오고 있다.

맬볼리오	*(다가와서)* 당신은 조금 전에 올리비아의 저택에 계셨지요?
비올라	그래요. 그 후 보통 걸음걸이로 이곳까지 왔어요.
맬볼리오	아가씨가 이 반지를 돌려 드리라고 했어요. 당신이 아까 이 반지를 넣고 가셨다면 내가 이렇게 수고를 하지 않아도 되었을 거요. 그뿐만 아니라 아가씨는 앞으로도 공작의 요청에 절대로 응하지 않겠다는 말도 전하라고 했지요. 그리고 또 한 가지는 그분의 일 때문에 당신도 다시는 찾아오지 마시라 이거예요. 다만 당신 주인이 이 일을 어떻게 생각하시는지 알리려고 오신다면 몰라도요. *(반지를 내어준다.)* 자, 이거 받으세요.
비올라	아가씨는 내가 전해준 반지를 받으셨다고요. 난 그걸 받을 수 없어요.
맬볼리오	이봐요, 당신은 버릇없게도 이걸 아가씨에게 그냥 내던졌다지요. 아가씨가 바라는 건 이렇게 돌려주라는 거요. *(비올라의 발목에다 반지를 던진다.)* 허리를 굽혀 주울 만한 물건이라면 거기 있으니까 주워 가지세요. 싫다면, 아무나 주워 가라고 하세요. *(퇴장한다.)*
비올라	나는 반지를 놓아두지 않았는데 이게 대체 무슨 영문일까? 남장을 한 나의 모습에 그녀가 반했다면 안 될 말이야! 그러고 보니 그녀

는 내 얼굴만 바라보고 있었지. 바라보는 데 정신이 팔려서 말도 못할 만큼 말이야. 그리고 가끔 느닷없이 영문도 모를 말을 했어. 참으로 나를 사랑하는 모양이야. 그래서 연정에 못이긴 채 계책을 써서 저 상스러운 사람을 보내 내 마음을 떠보는 걸 테지. 공작의 반지는 받을 수가 없다고 하면서 말이야! 공작은 반지를 보낸 적도 없어. 내가 목표로군. 그렇다면 말이야. 사실이 그런 모양인데 그녀는 불쌍해. 차라리 꿈속에서 꿈하고 연애하라지. 변장이란 참으로 못된 짓이군 그래. 나쁜 짓을 하는 놈들은 이 수단을 쓰거든. 그럴듯한 건달이 여인들의 밀랍 같은 가슴 속에 자기의 형상을 새겨 놓는 것쯤은 얼마나 쉬운 일인가! 여자란 어쩔 수가 없다고! 그래도 그게 우리 여자들의 죄는 아니야. 그렇게 태어났으니까 말이야. 이 일이 어찌될까? 나의 주인은 아가씰 깊이깊이 사랑하는데, 변장을 한 나는 주인을 사모하고, 아가씨는 착각하여 나한테 넋을 잃었으니, 이 일이 장차 어떻게 될까? 나는 남자 행세를 하고 있으니 주인을 사모해 봤자 절망적이지. 사실은 여자인데 말이야. 아! 가련한 올리비아 아가씨! 헛되게 얼마나 탄식만 하고 있을까? 아, 시간이여, 네가 바로 이 헝클어진 일들을 풀어 줘야겠어. 내가 아니라 바로 네가 말이야. 이 엉킨 매듭을 내 힘으로 어떻게 풀 수가 있단 말이냐! *(퇴장한다.)*

올리비아의 집 방.

🌿 걸상과 탁자가 있다. 탁자 위에는 식은 음식과 음료수가 놓여
있다. 토비 벨취 경과 앤드루 에이규치크 경이 등장한다. 두 사
람은 술에 취해 있다.

앤드루 에이규치크 경(배우 패런 William Farren)

토비　　　　(탁자에 걸터앉으며) 앤드루 경, 이리 오라고. (앤드루가 휘청휘청
　　　　　　다가간다.) 한밤중이 지나도록 잠자리에 들지 않은 건 일찍 일어

난 거나 마찬가지야. '새벽에 일찍 일어나면 건강에 좋다'는 말은
너도 알 거야.

앤드루 *(곁에 앉으며)* 그런 건 난 몰라. 하지만 밤늦도록 자지 않고 있는
건 역시 밤늦도록 안 자고 있는 거야. *(마신다.)*

토비 *(술병을 든다. 빈 병이다.)* 그따위 결론이 어디 있어? 그런 말은 난
빈 술병처럼 딱 질색이야. 한밤중이 지나서 잠자리에 든다면 곧
날이 새지 않겠어? 그러니 한밤중이 지나서 잠자리에 든다는 건
일찍 기상한 거나 다름이 없어. 원래 우리의 생명이란 흙과 물과
바람과 불 등 네 가지 원소로 되어 있는 게 아니겠어?

앤드루 *(입에 음식을 가득 물고)* 아, 그렇게들 말하더군. 하지만 난 오히
려 먹고 마시고 하는 걸로 되어 있다고 생각해.

토비 과연 학자로군. 그러니까 우린 먹고 마시자 이 말이야. *(집의 안쪽
을 향해 소리 지른다.)* 매리언 Marian! 술 좀 가져와!

🌼 광대가 등장한다.

앤드루 저기 광대가 오는군.

광대 *(두 사람 사이에 앉으며)* 이봐요, 두 분 친구들! '두 바보가 그려진
그림에 셋째 바보는 누구냐고 적혀 있는 간판', 그런 간판을 본 적
이 있나요?

토비 바보야, 잘 왔어. 자, 돌림노래나 부르자.

앤드루 이 광대 놈은 목소리가 대단히 좋아. 난 사십 실링을 내버려도 괜
찮으니까, 이 광대와 같은 다리와 음성을 구비했으면 좋겠어. 어
제저녁에 넌 정말 멋지게 익살을 부렸어. 피그로그로마이터스
Pigrogromitus 선생의 얘기며, 베이피어 Vapia 사람들이 쿼버스

Queubus 적도를 지나가는 얘기며, 참 재미난 내용이었어. 네 애인에게 전하라고 내가 6펜스를 주었는데 넌 그걸 전해 주었냐?

광대 당신이 준 하찮은 건 제가 착복했지요. 왜냐하면 맬볼리오의 코는 어지간히 냄새를 잘 맡아내고요, 나의 아가씨의 손은 어지간히 하얗고요, 그리고 머미던즈 Myrmidons 관(舘)은 싸구려 선술집이 아니거든요.

앤드류 야, 멋지구나! 요컨대 이건 최고의 익살이거든. 자, 노래나 한 곡 불러 봐.

토비 자, 6펜스를 줄 테니까 불러 봐. 한 곡 불러 보라고.

앤드루 나도 6펜스를 주겠어. 적어도 한 기사가 돈을 주겠다면 말이야.

광대	연애 타령을 들으시겠어요? 아니면 수심가를 들어보실 거요?
토비	연애 타령을 해, 연애 타령.
앤드루	그래, 그래. 난 수심가는 질색이야.
광대	*(노래를 부른다.)*

아, 나의 여인아, 어디로 가고 있느냐?

아, 걸음을 멈추고 들어 보아라.

너의 진정한 애인이 다가오는데

소리를 가다듬어 노래하고 있으니.

나의 애인아, 이제 더 멀리 가지 마라.

여행길은 애인들의 만남으로 끝난다는 걸

현명한 사람의 아들이면 누구나 알지.

앤드루	참으로 좋구나, 좋아.
토비	좋아, 좋아.
광대	*(노래를 부른다.)*

사랑이란 무엇이냐? 미래에 있지는 않는 거야.

지금 웃는 것이 지금 즐거운 거야.

내일 어떻게 될지는 여전히 불확실해.

망설이기만 하면 아무 이익이 없어.

그러니 달콤하게, 무수히 나에게 키스해 줘.

청춘이란 오래 지속되지는 못하는 거야.

앤드루	나야 진짜 기사지만, 저놈은 꿀 같은 음성을 지녔어.
토비	감동적인 음성이야.
앤드루	대단히 감미롭고 감동적이야.
토비	코로 듣는다면 감미로움에 감염되겠지. 그런데 하늘도 춤을 추도록 해보지 않겠어? 돌림노래를 불러서 올빼미를 깨우고 한 놈의

	직조공으로부터 넋을 셋이나 끌어내 보지 않을래? 어때? 해볼까?
앤드루	그래, 해보자. 이래봬도 난 돌림노래의 천재야. 사냥개 코 이상으로 말이야.
광대	옳지요. 사냥개라면 잘 짖어 대겠군요.
앤드루	그야 물론이지. 자, '너 이 악당 놈아' 라는 돌림노래를 하자고!
광대	'닥쳐라, 이 악당 놈아' 라는 돌림노래 말인가요? 그걸 부르게 되면 저는 부득이 기사인 당신을 악당 놈이라고 부르게 되겠군요.
앤드루	다른 사람이 부득이 나를 악당 놈이라고 부르게 한 건 이번이 처음이 아니야. 상관없어. 바보야, 시작해. '닥쳐라' 부터 말이야.
광대	닥치라고 하시면 저는 결코 시작할 수가 없다고요.
앤드루	하긴 그래! 자, 시작하자. *(모두 돌림노래를 부른다.)*

🌸 *마리아가 술을 들고 등장한다.*

마리아	어머나! 도대체 왜들 이렇게 난리법석이에요? 우리 아가씨가 집사 맬볼리오를 불러 당신들을 내쫓게 하지 않나 두고 보라고요.
토비	'우리 아가씨' 는 되년이고 우리는 모사꾼들이며 맬볼리오는 허수아비야. *(노래조로)* 그리고 '우리는 즐거운 세 사람' 이라고. 나하고 아가씨는 친척이 아니겠어? 같은 혈통이 아니겠어? 멍청하게도 말이야! 자, '아가씨' 노래를 하자! *(노래조로)* '옛날에 바빌론에 한 사나이가 있었지. 아가씨! 아가씨!'
광대	제기랄. 이 기사는 익살이 제법인 걸?
앤드루	그래, 저 친구 제법이지. 그야 흥이 나면 나도 그렇고. 저 친구는 품위 있게 놀지만 나야 있는 그대로 논다 이거야.
토비	*(노래조로)* '아, 십이월의 열두 번째 날은'

맬볼리오 : 여러분, 모두 미쳤어요? 그렇지 않다면 이게 웬 일이란 말인가요?

마리아	제발 조용히들 하라고요!

🌸 *맬볼리오가 등장한다.*

맬볼리오	여러분, 모두 미쳤어요? 그렇지 않다면 이게 웬 일이지요? 땜장이들처럼 이 한밤중에 떠들어 대다니, 분별도 예절도 체면도 없단 말인가요? 직공 나부랭이들처럼 마구 노래를 부르고 고함을 쳐대다니, 우리 아가씨의 집을 술집으로 만들 작정인가요? 장소며 인격이며 시간도 분별하지 못한단 말인가요?
토비	시간을 몰라서야 우리가 돌림노래를 부를 수 있겠어? 입 닥치고 꺼져버려!
맬볼리오	토비 경, 제가 솔직히 말씀드리지요. 아가씨의 분부지만, 아가씨는 당신을 친척 어른이니까 모시기는 해도 당신의 광란에는 손을 들어버리고 말았다고 전하라는 거예요. 앞으로 광란과 손을 끊는다면 당신은 이 집에서 환영을 받겠지만, 만일 이 집을 나갈 작정이라면 계속 그런 행동을 해도 좋다고도 말했지요. 아가씨는 매우 기꺼이 당신과 작별하겠다는 거예요.
토비	*(마리아에게 노래로)* '사랑하는 나의 애인이여, 잘 있어! 나는 반드시 떠나가야만 하거든.' *(마리아를 껴안는다.)*
마리아	싫어요, 토비 경.
광대	*(노래조로)* '그 사람의 눈빛을 보고 알았지. 그가 세상을 하직할 날이 멀지 않았다는 걸 말이야.'
맬볼리오	나, 원, 참!
토비	*(노래조로)* '그러나 나는 결코 죽지 않을 거야.' *(그는 쓰러져 눕는다.)*

광대	토비 경, 당신은 거기 쓰러져 있으면서 뭘!
맬볼리오	명예스러운 전사라고나 하겠지요.
토비	*(일어나며 노래조로)* '내가 저놈을 쫓아내버릴까?'
광대	*(노래조로)* '쫓아내버려서 뭘 하려고?'
토비	*(노래조로)* '쫓아내버릴까? 말까?'
광대	*(노래조로)* '아, 아니, 아니, 아니, 아니, 제발 그러지 말아요.'
토비	*(광대에게)* 가락이 맞지를 않아! 네 말은 틀렸어. *(맬볼리오에게)* 넌 한낱 집사 따위밖에 더 돼? 그래, 넌 품행이 단정하다고 해서 술과 안주는 더 내놓지 않겠다 이거야?
광대	그거야 성녀 앤 St. Anne도 알고 있지요. 하지만 생강즙으로 맛을 쳐서 좀 따끈하게 입맛을 돋우면 좋을 텐데 말이에요.
토비	네 말이 옳아. 이봐! 집사 너는 가서 빵가루로 네 놈의 쇠줄이나 닦으라고. 마리아, 한 잔 더! *(마리아가 술을 따른다.)*
맬볼리오	마리아, 우리 아가씨의 총애를 생각해서라도 이 난폭한 사람들의 일에는 개입하지 말라고. 언젠가는 아가씨의 귀에 들어갈 테니까. *(퇴장한다.)*
마리아	너는 가서 당나귀처럼 귀나 흔들어라.
앤드루	배가 고플 때는 술을 마시는 것도 좋지만, 저런 놈에게 결투를 요청해 두었다가 일부러 약속을 어기고 바보 취급 해주는 것도 재미 있을 거야.
토비	그렇게 해. 결투장은 내가 써줄 테니까. 아니면 네가 화났다는 걸 내가 구두로 전해줘도 괜찮고 말이야.
마리아	토비 경, 제발 오늘 밤만은 참아 주세요. 오늘은 공작의 젊은 청년 이 아가씨를 찾아뵙고 가서 그런지, 아가씨의 마음이 심상치가 않 거든요. 맬볼리오는 제게 맡겨 주세요. 언젠가는 제가 한 번 골탕

을 먹여서 여러분의 위안거리를 만들겠어요. 그걸 못한다면 저는 혼자서 잠자리에 들어갈 지혜도 없는 여자라고 생각하셔도 좋아요. 두고 보라고요.

토비   얘기 좀 해봐. 얘기를 해보라고. 저 녀석의 평소 행실에 대해서 말이야.

마리아   글쎄요, 어쩌면 청교도 같아요.

앤드루   아, 내가 그걸 알았더라면 저놈을 개 패듯이 패주는 건데 말이야!

토비   아니, 청교도라고 해서 패준다는 거야? 이봐, 무슨 특별한 이유라도 있어?

앤드루   뭐 특별한 이유야 없지만, 이유는 충분히 있고말고.

마리아   제까짓 게 청교도나 되나요? 기회주의자에 바보알랑쇠라고요. 궁중의 말투를 줄줄 지껄여대면서 가장 잘난 체하고 가장 아는 체하고 자기만 재능을 가진 줄 아는 걸요. 그런 약점을 이용한다면 아주 고소하게 치욕을 당하게 해줄 수 있을 거예요.

토비   넌 도대체 어떻게 할 작정인데?

마리아   저 사람이 다니는 길목에다 익명의 연애편지를 떨어뜨려 두겠어요. 그런데 그 내용은 수염 빛깔이며 다리 생김새며 걸음걸이며 눈매며 이마며 얼굴빛 등으로 봐서 이건 틀림없이 자기에게 보내는 편지라고 생각하게 한단 말이에요. 저는 당신 조카딸인 우리 아가씨의 필적과 똑같이 글을 쓸 수 있어요. 전에 쓴 것을 봐도 우리 두 사람의 필적은 식별할 수 없을 정도거든요.

토비   됐어! 알겠어.

앤드루   나 역시 짐작이 가는군.

토비   저 녀석은 네가 떨어뜨려 놓을 그 편지를 주워 보고는 내 조카딸이 자기에게 보낸 줄 알 테지. 내 조카딸이 자기를 사랑하는 줄 알

거란 말이야.

마리아　　제 계획이 바로 그런 방법이에요.

앤드루　　그런 방법이라면 저 녀석을 단단히 곯려 줄 수 있을 거야.

마리아　　그래요. 저 사람은 바보니까요.

앤드루　　아, 탄복할 만한 일이군.

마리아 : 정말이지, 참으로 신이 날 거예요. _ 윌리엄 해밀턴 작

마리아　　정말이지, 참으로 신이 날 거예요. 제 처방이 틀림없을 거예요. 두
　　　　　분이 엿보게 해드리겠어요, 그리고 저 광대도. 그때 저 사람이 그
　　　　　편지를 줍고 그걸 어떻게 해석하는지 잘 관찰하세요. 오늘 밤은
　　　　　이만 주무세요. 그리고 어떻게 되어가는지 꿈에서 보세요. 안녕히
　　　　　계세요. *(퇴장한다.)*

토비	여장부여, 잘 가라.
앤드루	참 좋은 여자야.
토비	진짜 순종 사냥개 같은 여자인데 나를 좋아하지. 그야 상관있겠어? *(그는 한숨을 몰아쉰다.)*
앤드루	저 여자는 일찍이 나를 좋아한 적도 있었어. *(그도 한숨을 쉰다.)*
토비	자, 자러 가자고. 넌 돈을 더 송금 받아야만 해.
앤드루	나는 네 조카딸을 손에 넣지 못하면 야단인걸.
토비	돈을 더 부쳐오게 하란 말이야. 끝내 그 애가 자네 것이 되지 않는다면 나를 바보라고 해도 좋아.
앤드루	그야 그렇게 부르지 않을 수가 없지. 네가 언짢게 생각하든 말든 말이야.
토비	자, 자, 가서 따끈한 술이나 마시자. 잠을 자기에는 너무 늦었어. 자, 가자고. *(모두 퇴장한다.)*

2막 4장

오시노 공작의 저택.

🌸 *오시노 공작, 비올라, 큐리오, 기타 인물들이 등장한다.*

오시노 공작	*(비올라에게)* 음악을 좀 들려 줘.

악사들이 등장한다.

오시노 공작	아, 모두 잘 왔어. 자, 세자리오, 그 노래를 좀 부탁해. 어젯밤에 내가 들은 그 고풍스러운 노래 말이야. 그 노래 덕분에 내 심정은 위안을 받은 것만 같거든. 너무 가볍고 기교적이며 멋 부리고 현혹적인 노래보다는 훨씬 좋았어. 자, 어서 한 곡 불러라.
큐리오	죄송하지만 그 노래를 부를 사람이 지금 여기 없어요.
오시노 공작	누가 그 노래를 불렀는데?
큐리오	광대 페스테 Feste지요, 공작 전하. 올리비아 아가씨의 아버지가 무척 귀여워했던 광대 말이에요. 그는 지금 이곳에 와 있을 거예요.
오시노 공작	가서 찾아와. 그 동안 음악을 연주해라. *(큐리오가 퇴장한다. 연주가 시작된다.)* 세자리오, 이리 오렴. 만일 네가 연애를 하게 되어 그리움에 고민할 때에는 나를 돌이켜 생각해라. 진실한 사랑을 하는 사람은 모두 나처럼 될 테니까. 애인의 그림자가 잠시도 머릿속을 떠날 때가 없을 만큼 그 밖의 모든 건 다 몽롱해지고 안절부절 못하거든. 넌 이 곡이 마음에 드느냐?
비올라	이 곡은 마치 사랑의 신의 옥좌로 메아리치는 것만 같아요.
오시노 공작	참, 말도 묘하게 하는군. 넌 젊기는 해도 분명히 누군가를 사랑해 본 적이 있을 거야. 안 그래?
비올라	예, 덕분에 약간은요.
오시노 공작	상대는 어떤 여자였는데?
비올라	공작 전하와 똑같은 얼굴의 연인이에요.
오시노 공작	그렇다면 그리 대단치 않은 여인이겠군. 그런데 나이는?
비올라	공작 전하 또래의 나이예요.
오시노 공작	그것 참, 너무 나이가 많군. 여자는 손위 남편을 택하는 게 좋아.

	그래야 금슬도 좋고 항상 남편 마음에 들기 마련이지. 왜냐하면 남자란 자화자찬을 해 봐야 여자보다 바람기가 더 심해서 들뜨기 쉽고, 사랑도 하며 변덕도 심하여, 여자에게 반하기도 잘하지만 금방 권태가 나서 싫어져버리고는 하니까.
비올라	정말 그런 것 같아요, 공작 전하.
오시노 공작	그러니까 너도 손아래 애인을 택하란 말이야. 그렇지 않으면 애정이 오래 계속하지 못할 테니까. 글쎄, 여자란 장미꽃 같다고 할까, 아름답게 피었다가 어느 틈에 시들어 버리거든.
비올라	정말 그래요. 아, 어쩌면 그럴까요? 꽃이 활짝 다 피었다고 생각하는 그 순간 시들어 버리다니!

    ❧ 큐리오가 광대를 데리고 다시 등장한다.

오시노 공작	아, 어서 와라. 어젯밤 내가 들은 그 노래를 불러라. 세자리오, 들어보라고. 옛날식의 소박한 노래야. 양지 바른 곳에 앉아 물레질

오시노 공작 : 아, 어서와라. 어젯밤 들은 그 노래를 불러라.

하거나 뜨개질을 하는 처녀들, 또는 뼈바늘로 실을 짜며 고생 모르는 처녀들이 흔히 부르는 노래지. 가식 없는 진정을, 천진난만한 시간을 옛날과 마찬가지로 부르는 노래거든.

광대   그럼 불러 볼까요?

오시노 공작   그래, 불러봐라. *(음악이 흐른다.)*

광대   *(노래를 부른다.)*

죽음이여, 와라, 오란 말이야.

그래서 나를 슬픈 삼나무 관에 눕혀라.

숨결이여, 사라져라. 사라지란 말이야.

아름다운 처녀가 무정하게 나를 죽였거든.

아, 주목나무 가지로 장식하여 만든

흰 수의를 나에게 입혀라!

나와 똑같이 상사병으로 당한 죽음은

세상 그 어느 곳에도 없었지.

꽃은 한 송이도, 단 한 송이도 뿌리지 마라,

나의 검은 관 위에는 말이야!

친구는 한 명도, 단 한 명도 서러워하지 마라,

나의 가련한 시체를 말이야,

나의 뼈들이 거기 묻힐 때에도 말이야.

아, 무수한 탄식을 피하기 위해 나를 묻어라.

슬픔에 젖은 진정한 연인이 찾아와

눈물을 쏟으려 해도 절대로

나의 무덤을 찾을 수 없는 바로 그곳에!

오시노 공작   *(돈을 준다.)* 자, 이건 네 수고의 대가야.

광대	수고가 아니에요. 노래 부르는 건 저의 즐거움이지요.
오시노 공작	그렇다면 네 즐거움에 대해 보수를 주는 거야.
광대	그건 정말 그래요. 즐거움에 대해서는 언젠가 보상해야만 하거든요.
오시노 공작	넌 이제 그만 돌아가라.
광대	그러면 우울의 신을 공작 전하의 수호신으로 삼으세요. 그리고 재단사더러 무당벌레 빛깔의 비단으로 조끼를 지어 달라고 하세요. 공작 전하의 마음은 변덕이 심하니까요. 저는 그런 심정을 지닌 분들이 바다로 가기를 바라지요. 바람 부는 대로, 마음 내키는 대로, 마음 내키건 말건 정처 없이 떠나는 게 바닷길의 좋은 점이거든요. 그럼 안녕히 계세요! *(퇴장한다.)*
오시노 공작	나머지 사람들도 물러가라. *(큐리오와 시종들이 퇴장한다.)* 세자리오, 너는 저 지독하게 무정한 아가씨에게 한 번 더 다시 가서 이렇게 전해라. 나의 애정은 세상에서 무엇보다도 고귀해서 세속적인 토지의 넓이를 문제시하지 않는다고 말이야. 운명이 그녀에게 부여한 재산 따위는 운명과 마찬가지로 대수롭게 여기지 않는다고 말이야. 하지만 자연이 그녀를 닦아 놓은 그 기적, 보석들의 여왕인 그 아름다움에 내 영혼이 끌린다고 말이야.
비올라	하지만 아가씨가 공작 전하를 사랑할 수 없다고 말한다면 어떡하지요?
오시노 공작	그런 대답은 있을 수 없어.
비올라	하지만 어쩔 수 없는 일이 아니겠어요? 사실 있을는지도 모르지만, 만일 공작께서 올리비아 아가씨를 사모하여 고민하듯이 어떤 여자가 공작 전하를 사랑할 경우, 공작께서 그녀를 사랑할 수 없어서 싫다고 하신다면, 그것도 어쩔 수 없는 일이 아니겠어요?

오시노 공작 여자의 가슴은 지금 내 마음속에 고동치고 있는 격정을 당해낼 수
없어. 이만큼의 애정을 감당할 만한 여자의 가슴은 없다고. 그만
한 포용력이 없으니까 말이야. 아, 여자들의 애정은 식욕과도 같
아. 간장의 작용이 아니라 입맛의 작용이니까. 그러니까 체하고
물리고 구토를 일으키기 마련이지. 그러나 나의 애정은 굶주린 바
다처럼 탐욕스럽고 소화력이 왕성하거든. 내가 올리비아를 사랑
하는 마음을 어떤 여자가 나를 사랑하는 애정과 비교하지는 마라.

비올라 예! 그러나 제가 알기에는 말이에요.

오시노 공작 네가 뭘 알고 있다는 거냐?

비올라 여자라 해도 남자에 못지않은 애정을 지닐 수 있지요. 사실 여자
의 마음도 남자들 못지않게 진실하거든요. 우리 아버지에게 딸이
있었는데 어떤 남자를 사랑했어요. 아마 제가 여자였더라면 공작
전하를 그렇게 사랑했을 거예요.

오시노 공작 그래서 그 후에 그 애는 어떻게 되었는데?

비올라 그 애는 사랑을 말하지 않고 자기 가슴속에 간직한 채, 꽃송이 속
의 벌레 같은 사념에 장밋빛 볼을 좀 먹히고 있었어요. 상사병이
들어 창백하게 야위고 샛노란 수심에 잠겨 마치 인내의 석상처럼
슬픔을 악물고 웃고 있었어요. 이것이 진실한 사랑이 아닐까요?
우리 남자들은 비교적 많은 말로 맹세도 많이 하지만, 사실 진실
보다는 겉치레가 더 많아요. 맹세만 한다고 사랑이 실증되는 일은
별로 없으니까요.

오시노 공작 그래 네 누이동생은 상사병으로 죽었단 말이냐?

비올라 우리 집에서는 딸이든 아들이든 이제 저 혼자뿐이지요. 하지만 아
직은 잘 모르겠어요. (두 사람이 명상에 잠긴다.) 그러면 제가 아
가씨에게 가볼까요?

오시노 공작   *(깜짝 놀라 정신을 차리며)* 아! 그게 나의 용건이었지. 빨리 가 봐라. 이 보석을 전하고, 내 사랑은 양보도 없고 거절도 받을 수 없다고 알려라. *(두 사람이 퇴장한다.)*

2막 5장

올리비아의 집 정원.

🌿 *두 개의 문이 있는데 하나는 정원으로 통하고 하나는 집으로 통한다. 이 집으로부터 넓은 보도가 나고 보도 양쪽에는 회양목들이 서 있다. 정원의 담 곁에는 돌 의자가 놓여 있다. 집으로 통하는 문이 열리면 토비 벨취 경과 앤드루 에이큐치크 경이 등장한다.*

토비   *(돌아서며 큰 소리로)* 페이비언, 이리 따라오란 말이야.

페이비언   *(문으로 나오면서)* 따라가고말고요. 이 장난을 조금이라도 놓칠 바에야 차라리 우울증에 걸려 죽는 게 낫다고요.

토비   저 인색한 악당, 개 같은 놈에게 지독한 창피를 주려고 하는데, 어때?

페이비언   좋아요. 제 마음은 설레기만 해요. 지난번에 곰 골리기 일로 제가 아가씨에게 꾸중을 들은 것도 저 녀석 때문이었거든요.

토비	저 녀석이 약이 오르도록 곰 골리기 장난을 한 번 더 하자. 그래서 저 녀석이 붉으락푸르락해질 때까지 좀 골려 주잔 말이야. 앤드루 경, 안 그래?
앤드루	그걸 못하면 우리에겐 평생 한이 될 거야.

🦋 *마리아가 바쁜 걸음으로 길을 내려온다.*

토비	여기 꼬마 악당이 오는군. 이봐, 진짜 순금 아가씨!
마리아	세 분 모두 나무 그늘에 숨으세요. 맬볼리오가 이리 오고 있는 중이니까요. 그이는 거의 반시간 동안이나 자기 그림자에게 인사하는 연습을 하고 있었어요. 보고만 계세요, 참으로 가관일 테니까요. 이 편지를 읽고 나면 그이는 바보같이 매우 심각한 표정을 지을 거라고요. 재미를 보시려면 빨리 숨으세요! *(세 사람이 나무 그늘에 숨는다.)* 자! 거기 있어라. *(편지를 던져 놓는다.)* 먹이를 낚아챌 송어 한 마리가 오고 있으니까. *(그녀는 안으로 들어간다.)*

꽃 맬볼리오가 갓이 달린 모자를 쓰고 명상에 잠겨 천천히 길을 내려오고 있다.

맬볼리오   운명이야 운명. 모두 운명이라고. 마리아 얘기로는 올리비아 아가씨가 나를 좋아한다는 거야. 게다가 내가 직접 아가씨에게서 이런 얘기를 들은 적도 있었지. 사랑을 해야만 한다면 나 같은 사람을 사랑해야겠다고 말이야. 그뿐만 아니라 아가씨는 주위의 그 누구보다도 나를 더욱 소중하게 여기시거든. 난 이걸 어떻게 해석해야 되지?

토비   저 뻔뻔스런 자식 좀 봐!

페이비언   쉿! 뭐나 되는 척하는 폼이 꼭 칠면조 같군요. 날개를 펴들고 뻐기는 저 꼴이란, 참!

앤드루   망할 자식! 내가 때려 주겠어.

페이비언   쉿, 조용히 하라니까.

맬볼리오   난 맬볼리오 백작이 된다 이거야!

토비   아, 저런 악당이 다 있다니!

앤드루   권총으로 쏘아죽일까 보다.

페이비언   쉿, 쉿!

맬볼리오   전례가 없는 것도 아니야. 스트래치 Strachy 가문의 아가씨는 의상을 시중드는 하인과 결혼했거든.

앤드루   저 빌어먹을 뻔뻔스런 자식 좀 봐!

페이비언   쉿! 저놈은 갈수록 점점 더 재미가 있군. 이제는 망상의 극치라고요.

맬볼리오   아가씨와 결혼하고 석 달만 지나면 난 백작의 의자에 앉게 되겠지.

토비   아이고, 활은 없나? 저놈의 눈을 쏘게 말이야!

맬볼리오   화려한 벨벳 옷을 척 걸쳐 입은 채, 좌우에 하인들을 거느리며 나는 침대에서 막 일어나고 올리비아는 아직 잠들어 있겠지.

토비   원, 저런 벼락 맞을 소릴 좀 들어보라고!

페이비언   쉿, 쉿!

맬볼리오   그러면 나는 백작 기분에 젖어 방안을 점잖게 흘긋 훑어보고 나
         서는 이렇게 분부하는 거야. 나도 내 신분을 잘 알고 있지만 너희
         들도 각자 본분을 다하라. 그리고 내 친척되는 토비를 이리 불러
         와라.

토비   저 자식을 감옥에 처넣어 버려야겠어!

페이비언   쉿, 쉿! 조용히 하라니까요!

맬볼리오   그러면 부하 일곱 놈이 머리를 조아린 다음 그 사람을 찾으러 가
         겠지. 그동안 나는 찌푸린 표정을 지은 채 시계 태엽이나 감고 있
         을까? 그렇지 않으면 말이야. *(집사 직분의 쇠줄을 만지작거리면*
         서) 보석이라도 만지고 있을까? 토비가 출두하고 나에게 큰 절을
         하겠지.

토비   저런 놈을 살려 둬야 하나?

페이비언   쉿, 마차의 힘이 끌어낸다 해도 침묵을 지키세요!

맬볼리오   나는 토비에게 이렇게 손을 내민다 이거야. 평소의 은근한 미소는
         지워 버리고 주인답게 엄숙한 표정을 지으면서 말이야.

토비   그러면 이 토비가 네놈의 입술을 갈겨주지 않을 것 같아?

맬볼리오   그리고 말하기를 '처삼촌, 당신 조카딸과 결혼한 사람으로서 감
         히 말씀드리지만 말이에요.'

토비   뭐가 어쩌고 어째?

맬볼리오   '당신은 폭음을 좀 삼가해 주어야겠어요'.

토비   이 망할 자식! *(무슨 소리에 맬볼리오가 돌아다본다.)*

페이비언   쉿, 참으세요. 그렇지 않으면 산통이 깨지는 판이니까요.

맬볼리오	'그뿐만 아니라 당신은 저 바보 같은 기사하고 귀중한 시간을 낭비하고 있다고요.'
앤드루	나를 가리켜서 하는 말이야. 틀림없어.
맬볼리오	'앤드루인가 하는 저 바보 말인데요.' *(땅에 떨어져 있는 편지를 발견한다.)*
앤드루	저건 나를 두고 하는 말이야. 누구나 나를 바보라고 하니까.
맬볼리오	*(편지를 주워들며)* 이건 또 뭐야?
페이비언	지금 바보 도요새가 덫에 걸려드는군요.
토비	아, 쉿! 장난의 정령이여, 저놈이 큰 소리로 읽게 해주십시오.
맬볼리오	이것 봐라. 아가씨의 글씨야. 이 c 자, u 자, t 자가 모두 아가씨의 글씨야. 그리고 대문자 P 자도 아가씨는 이렇게 쓰시지. 이건 의

맬볼리오 : 이것 봐라. 아가씨의 글씨야.

심할 여지없이 아가씨 글씨야.

앤드루 그녀의 c 자, u 자, t 자가, 그래, 어쨌다는 거야?

맬볼리오 *(겉봉을 읽는다.)* '미지의 사랑하는 당신에게 이 글과 저의 진정을 바쳐요.' 이건 아가씨의 문투라고! 밀랍아, 용서해라. 가만있자! 봉인이 루크리스 Lucrece의 초상인데 이것도 아가씨가 항상 쓰시는 그 물건이야. 역시 아가씨로군. 도대체 누구에게 보내는 걸까? *(편지를 읽는다.)*

페이비언 이제 완전히 걸려들었어요.

맬볼리오 *(읽는다.)*

　　'제우스 Zeus신은 제가 사랑한다는 걸 알지요.

　　그러나 저의 사랑은 누굴까요?

　　입술이여, 꼼짝달싹도 하지 마라!

　　아무도 몰라야만 되니까.'

'아무도 몰라야만 되니까' 라고 했어. 그 다음에는 뭘까? 문투가 달라졌군. *(명상에 잠긴다.)* '아무도 몰라야만 되니까' 라고 했어. 그 상대방이 이 맬볼리오라면?

토비 맙소사! 이 비열한 오소리 같은 놈아, 목을 매 뒈져라!

맬볼리오 *(읽는다.)* '제가 경애하는 분을 하인으로 부리고 있다니, 말 못할 심사는 마치 루크리스의 비수처럼 저의 가슴을 찌르는군요. M, O, A, I 여, 제 목숨을 바치겠어요.'

페이비언 저건 하찮은 수수께끼라고요!

토비 그녀는 빈틈없는 계집애거든.

맬볼리오 'M, O, A, I 여, 제 목숨을 바치겠어요' 라니. 우선 가만 있자. 음, 가만 있자.

페이비언 그녀는 저놈에게 굉장한 독약을 준 셈이군요!

토비	그걸 솔개가 날개를 펴고 덮치려는 거야!
맬볼리오	'제가 경애하는 분을 하인으로 부리고 있다니.' 음, 나는 아가씨의 하인이니까 내가 바로 그렇지. 그녀는 나의 주인 아가씨니까. 웬만한 지혜와 능력을 지닌 사람이라면 뻔히 알 수 있는 일이군, 그래. 그건 그렇고, 이 알파벳은 뭘 말할까? 뭔가 나하고 관계라도 있다면 알아내겠는데. 가만 있자! M, O, A, I 라.
토비	아, 자, 알아내 봐라. 저놈이 이제는 어리둥절한 모양이야.
페이비언	저 들개는 자기가 여우한테 홀린 걸 알고 있으면서도 이제 곧 짖어댈 거요.
맬볼리오	'M' 이라면 맬볼리오. 'M' 이라, 이건 내 이름자의 첫 글자가 아닌가?
페이비언	내 말이 어때요? 저건 들개니까 엉뚱한 데로 달려드는 걸 좀 보라고요.
맬볼리오	'M' 이라, 그렇다고 치고. 그런데 그 다음이 들어맞지 않아. 입증하기가 곤란해. 'A' 자라야 하는데 'O' 란 말이야.
페이비언	오! 미안하게 됐군, 그래.
토비	그야 그렇지. 그러면 내가 저놈을 두들겨 패서라도 '오!' 소리를 내게 해주겠어.
맬볼리오	그리고 그 다음은 'I' 거든.
페이비언	아이 (I-) Ay-) 긍정), 그렇다. 아이 (I-) eye-) 눈)가 네 뒤에 달렸다면 눈앞의 행운보다는 뒤축의 창피가 먼저 보일 거야.
맬볼리오	M, O, A, I 라니. 이건 앞에 나온 것보다 풀기가 어려워. 하지만 이걸 좀 더 쥐어짜보면 알아내는 수가 있을 테지. 이 글자들이 모두 내 이름에 있는 글자들이니까. 가만 있자! 그 다음에는 산문이군. (읽는다.)

'만일 이 편지가 당신 손에 들어간다면 숙고하세요. 타고난 신분은 제가 당신보다 높지만 저의 신분에 개의치 마세요. 어떤 사람들은 고귀한 신분으로 태어나고, 어떤 사람들은 고귀한 신분을 스스로 성취하고, 또 어떤 사람들은 고귀한 신분을 타인으로부터 얻기 마련이지요. 당신의 운명은 두 팔을 벌렸으니 온갖 심혈을 기울여 그 운명을 포옹하세요. 미래의 신분에 낯을 익히고 미천한 현재를 탈피하여 싱싱한 모습으로 대해주세요. 저의 친척들에게는 대항하고 저의 하인들은 오만하게 대하세요. 항상 호언장담하는 어조로 고상한 이론을 논하며, 기이한 모습을 보여주세요. 당신이 그리워서 탄식하는 여인이 당신에게 충고하는데요. 당신은 언제나 노란색 양말을 신고, 십자 형태로 발목에 끈을 졸라매고, 어떤 일을 하도록 권하는 사람을 잊지 마세요. 당신이 원한다면 행운이 있을 것이고, 원치 않는다면 당신은 영원히 하인으로 남을 거예요. 그리고 영영 당신에게 행운은 오지 않을 거예요. 그럼 안

녕히 계세요. 당신과 신분을 바꾸려고 하는, 행복하고도 불행한
연인 올림.'

대낮의 벌판도 이처럼 명백하지는 않아. 환한 일이지. 이제부터
나는 위세를 부리고 정치에 관한 책들을 읽을 거야. 토비 경을 혼
내 줄 거야. 천한 놈들 하고는 절교할 테고 아가씨가 바라는 그러
한 사람이 될 거야. 이제는 내가 그렇게 생각해도 바보짓은 아니
지. 어느 모로 따져 봐도 아가씨가 나에게 반한 건 틀림이 없거든.
얼마 전에도 그녀는 나의 노란색 양말을 칭찬하셨고 십자 형태로
맨 나의 끈을 찬양하셨거든. 그게 나한테 반한 증거야. 그래서 나

맬볼리오 : 조우브 신이여, 감사합니다. 미소를 지어야지. _ C. E. 브로크 작

더러 그녀가 마음에 드는 복장을 하라는 거야. 나의 운명의 별에게 감사해야지. 아, 나는 행복하니까 말이야. 이제부터는 좀 쌀쌀해지고 교만해져야겠어. 노란색 양말을 신고, 십자 형태로 끈을 매야겠어. 어서 서둘러야지. 이건 모두 조우브 Jove 신과 나의 별 덕택이라고! 여기 추신이 있군. *(읽는다.)*

'제가 누군지는 조만간 판명될 테지만, 저의 사랑을 받아 주신다면 그것을 당신의 미소로 드러내 주세요. 미소는 당신에게 참으로 잘 어울리거든요. 그러니까, 아, 그리운 님이여, 제 앞에서는 부디 미소를 지어 주세요.'

조우브 신이여, 감사합니다. *(두 팔을 하늘 향해 벌린다.)* 미소를 지어야지. 무엇이든지 그녀가 바라는 대로 하고말고. *(안으로 들어간다.)*

페이비언	페르시아 왕이 수천 냥의 연금을 준다 해도 나는 이 재미와 바꾸지 않겠어요.
토비	난 이런 계략을 꾸며낸 계집애하고는 결혼해도 좋아.
앤드루	나도 그래.
토비	이런 재미를 한 가지 더 마련해준다면 그녀는 지참금 같은 게 필요 없어.
앤드루	나 역시 그래.

🌸 *마리아가 안에서 나온다.*

페이비언	아! 갈매기를 잡는 명포수가 저기 오는군요.
토비	내 모가지를 좀 밟아 주지 않겠어?
앤드루	아이고, 내 모가지도 좀.

토비	내 자유를 판돈으로 내기에 내가 지면 네 노예라도 돼줄까?
앤드루	정말, 나도 그럴까?
토비	하지만 너무도 엄청난 꿈을 꾸게 해놓았어, 저놈은 아마도 꿈에서 깨면 미쳐버리고 말 거야.
마리아	그래, 어떻게 됐어요? 효과가 있었나요?
토비	그야 물론이지.
마리아	이 장난의 결과는 다음에 저 사람이 아가씨 앞에 나설 때 보세요. 반드시 노란색 양말을 신고 나올 테지만, 그 색깔은 아가씨가 싫어하는 거라고요. 그리고 끈을 십자 형태로 매는 요즘의 유행도 아가씨는 딱 질색하신다고요. 또한 저 사람은 아가씨 앞에서 생글생글 웃어댈 테지만, 그것도 아가씨 성미에는 맞지 않거든요. 더욱이나 아가씨는 상심하고 계시는 중이니까요. 그러니 저 사람이 창피를 당할 수밖에요. 그 꼴을 보시려거든 이리 따라오세요.
토비	똘똘이 악마 마담, 난 지옥문 앞까지도 따라가겠어.
앤드루	나도 따라가겠어. *(모두 퇴장한다.)*

3막 1장

올리비아의 집 정원.

❀ 광대가 피리와 작은 북을 들고 등장한다. 비올라가 바깥문으로
   들어온다.

비올라   안녕하세요? 그 악기도 안녕하시고? 당신은 북에 기대어 살고 있

나요?

광대 　아니에요. 난 교회에 기대어 살고 있어요.

비올라 　그러면 성직자인가요?

광대 　그렇지도 않아요. 교회 곁에서 살고 있다는 뜻이지요. 글쎄, 나는 우리 집에서 살고 있는데 그 집이 바로 교회 곁이거든요.

비올라 　그렇다면 임금님도 거지에 기대어 살고 있다고 말할 수 있겠군요. 만일 거지가 임금님 곁에 살고 있다면 말이에요. 또는 교회가 북에 기대고 서 있다고 말할 수 있겠네요. 만일 북이 교회 곁에 있다면 말이에요.

광대 　당신 말은 옳아요. 요즘 세태를 좀 보세요! 제법 똑똑한 자들은 말을 가죽장갑처럼 자유자재로 안팎으로 뒤집어 놓을 수 있거든요!

비올라 　정말 그래요. 말이란 건 가지고 노는 사이에 사람들 마음대로 변질돼 버리거든요.

광대 　그래서 난 내 누이동생에게는 이름이 없었으면 해요.

비올라 　아니, 왜요?

광대 　왜라니요? 내 누이동생의 이름도 말이거든요. 그러니까 내 누이동생의 이름을 가지고 장난을 쳐대면 내 누이동생도 주책없이 될 게 아니겠어요? 어쨌든 말이 아주 못된 것이 되어 버린다면 재판도 하지 못할 거라고요.

비올라 　그 이유는 뭐지요?

광대 　이유라니요? 말로 하지 않으면 난 설명할 수가 없어요. 요즘 말이란 아주 타락해 버려서 난 그걸 써가며 설명할 기분도 나지 않는다고요.

비올라 　당신은 정말 유쾌하며 아무것도 꺼리지 않는 사람이군요.

광대 　천만에요. 꺼리는 게 없을 리가 없지요. 하지만 이런 말을 한다고 해서 내가 당신을 꺼린다는 건 아니에요. 만일 이것이 아무것도 꺼리지 않는 말이라면 당신은 이곳에 없는 거나 마찬가지지요.

비올라 　당신은 올리비아 아가씨의 광대가 아닌가요?

광대 　아니지요. 올리비아 아가씨는 품행이 단정해요. 결혼하기 전에 광대 따위를 자기 집에 두지는 않아요. 남편이란 건 고등어와 청어가 비슷한 것처럼 광대하고도 비슷하니까요. 같은 바보라 해도 남편은 큰 대자가 하나 붙은 게 차이라고나 할까요? 그러니까 나는 아가씨의 광대가 아니라고요. 그저 아가씨 밑에 있는 말 장난꾼이지요.

비올라 　난 얼마 전에 오시노 공작 저택에서 당신을 만났어요.

광대 　바보는 태양처럼 지구를 돌아다니고 어디서나 빛나지요. 나는 우리 아가씨만큼이나 당신 주인도 찾아가서 뵙지 않으면 미안하거든요. 그 저택에는 당신 같이 현명한 분이 계시니까요.

비올라 　아니, 나한테까지 덤벼들다니, 난 이제 당신을 더 이상 상대하지 않을 테야. 자, 이거 수고한 값이야. (동전을 내어 준다.)

광대 　(돈을 손바닥에 받아들고 보면서) 조우브 신이여, 다음번에 머리카락을 내려 주실 때에는 이분에게 턱수염도 내려 주십시오!

비올라 　정말이지 난 턱수염이 좀 있었으면 좋겠어. (혼잣말로) 하기야 턱수염이 내 턱에 돋는다면 곤란하지만 말이야. 아가씨는 안에 계신가요?

광대 　(여전히 동전을 들여다보면서) 이 돈에 짝을 채워 주면 새끼를 치겠는데요.

비올라 　그야 그렇지. 한 푼 보태 두 푼을 만들어 둔다면 말이야.

광대 　내가 프리지아 Phrygia의 중매쟁이 팬더러스 Pandarus가 되어서 크레시더 Cressida 아가씨를 그녀의 애인 트로일러스 Troilus에게

	붙여 주는 역할을 했으면 좋겠군요.
비올라	네가 한 말은 알아듣겠어. 한 푼 더 달라는 거로군. *(동전을 한 푼 더 준다.)*
광 대	내가 뭐 큰 걸 바라나요? 단지 구걸하는 것뿐인데 말이에요. 크레시더는 거지였다고요. 우리 아가씨는 안에 계시지요. 내가 안에 들어가서 당신이 왔다고 알리겠어요. 하지만 당신이 누군지, 어디서 왔는지는 내가 관여할 게 아니지요. 다만 이제 이 말도 낡았다고요. *(안으로 들어간다.)*
비올라	이놈은 바보 흉내를 내고 있지만 사실은 영리한 사람이야. 바보 역할을 잘하려면 재치가 있어야 하거든. 익살을 부릴 때는 상대방의 기분이나, 인물이나, 시간을 잘 분간해야 하니까. 길이 들지 않은 매처럼 새라고 해서 눈앞에 닥치는 대로 덮치면 안 되거든. 현명한 사람이 재간을 부리듯이 그 정도의 노력은 있어야만 해. 광대가 늘어놓는 바보 소리가 용하게 어울리는가 하면, 어쩌다가 현자가 바보짓을 하게 되면 참으로 꼴불견이거든.

🌸 토비 벨취 경과 앤드루 에이규치크 경이 등장한다.

토비	이봐, 세자리오 잘 왔어.
비올라	당신도 안녕하세요?
앤드루	*(절을 하며)* Dieu vous garde, monsieur. *(안녕하세요?)*
비올라	*(절을 하며)* Et vous aussi; votre serviteur. *(당신도 안녕하세요? 저는 당신의 하인이에요.)*
앤드루	아, 고마워요. 나도 그래요.
토비	자, 들어오시겠어요? 내 조카딸이 당신에게 들어오시라고 하거든

	요. 그야 당신이 내 조카딸에게 용건이 있다면 말이지요.
비올라	물론 저는 아가씨를 찾아왔어요. 당신 조카딸이 제 항해의 목적지
	거든요.
토비	그러면 당신 다리들을 써 봐요. 발동을 걸어보라 이거요.
비올라	제 다리들을 써보라는 말은 알아듣기 어렵지만, 제 다리들은 각자
	할 일을 잘 알고 있어요.
토비	내 말은 당신이 안으로 들어가 보라는 거요.
비올라	그러면 제가 유유히 걸어 들어가 보겠어요. 아, 그럴 필요가 없게
	됐군요.

🍀 *올리비아가 마리아를 거느리고 안에서 나온다.*

비올라	오, 하느님, 더할 나위 없이 훌륭한 아가씨에게 향기로운 비를 내
	려 주십시오!
앤드루	저 젊은이의 인사말이 근사하군, 그래. ‘향기로운 비를 내려 주십
	시오’라니. 아주 좋은데!
비올라	죄송하지만 가장 현철하신 아가씨에게 각별히 말씀드리려고 하
	니 청허해 주세요.
앤드루	‘향기로운’, ‘현철하신’, 그리고 ‘청허해 주세요’라니. 이 세 가
	지 말은 나도 써먹어야지.
올리비아	정원 문을 닫고 모두 물러가요. *(토비, 앤드루, 마리아가 퇴장한*
	다.) 자, 당신 손을 이리 내밀어요!
비올라	*(절을 하며)* 아가씨, 뭐든지 분부만 해주세요.
올리비아	당신 이름은 뭐지요?
비올라	당신 하인의 이름은 세자리오 Cesario라고 해요, 아름다운 아가씨.

올리비아	나의 하인이라니! 겸손이 예의가 된 이후로는 아주 따분한 세상이 됐군. 이봐요, 당신은 분명히 오시노 공작의 하인이라고요.
비올라	그런데 저의 주인은 곧 아가씨의 하인이며, 그분의 하인들은 곧 아가씨의 하인들일 수밖에 없어요. 따라서 아가씨, 아가씨의 하인 의 하인인 저는 곧 아가씨의 하인이지요.
올리비아	그분으로 말하자면 내 마음에는 없어요. 그분 마음도 백지로 돌아 가고 내 생각을 하지 않기를 나는 바란다고요!
비올라	아가씨, 저는 저의 주인을 위해 상냥하신 아가씨의 마음을 돋우어 보려고 왔어요.
올리비아	아, 미안하지만, 제발 다시는 그분 얘기는 하지 말아요. 그렇지만 당신이 다른 요청을 한다면, 나는 우주의 모든 물체의 음악을 듣 는 것보다 더 기쁘게 들어 주겠어요.
비올라	아가씨, 그런데 말이지요.
올리비아	제발 잠깐만요. 지난번에 당신이 내 마음을 흔들어 놓고 갔을 때 나는 하인을 뒤따라 보내 반지를 전했지만, 그 일은 나 자신이나 하인, 그리고 아마 당신마저 모욕하는 일인지도 몰라요. 그처럼 염치없게 꾀를 써서 당신의 것도 아닌 반지를 무리하게 떠맡기려 고 했으니, 당신은 그 일을 어떻게 생각했어요? 혹시 나의 명예를 곰처럼 말뚝에 묶어 놓은 채 맹견이 습격하도록 하듯이, 생각해낼 수 있는 모든 혹독한 욕을 하지는 않았나요? 당신 같은 분이면 벌 써 눈치를 챘을 테지만, 내 마음은 얇은 명주 한 장이 싸고 있을 뿐 이에요. 그러니 당신은 이걸 어떻게 생각해요?
비올라	동정하고 있지요.
올리비아	그럼, 그건 사랑의 첫 계단이군요.
비올라	아니, 천만의 말씀. 때로는 원수를 동정하기도 하거든요.

올리비아	어머나, 그렇다면 이번에는 웃고 흘려버려야겠군요. 아, 말세야! 더러는 하찮은 사람들이 다 오만해진단 말이야! 어차피 밥이 될 바에야 늑대보다는 사자 밥이 되는 게 얼마나 더 좋겠는가! *(시계 소리가 난다.)* 시계가 나에게 시간을 낭비한다고 질책하는군. 이 봐요, 젊은이, 염려 말아요! 내가 당신을 어쩌자는 건 아니니까. 하지만 이제 지혜와 나이가 수확을 거둘 때가 오면, 그때 당신 부인은 훌륭한 남편을 거둬 드리게 될 거라고요. 저기가 나가는 길이에요. 서쪽으로.
비올라	자, 그러면 서쪽으로 출발! 안녕히 계세요! 저의 주인에게 전하실 말씀은 없나요?
올리비아	잠깐만. 당신이 정말 나를 어떻게 생각하는지 말해 보세요.
비올라	아가씨가 생각을 잘못하고 계신다고 저는 생각하지요.
올리비아	내가 잘못 생각하고 있다면 당신도 역시 잘못 생각하고 있는 게 아닐까요?
비올라	그건 옳아요. 저는 지금의 제가 아니니까요.
올리비아	당신이 내가 생각하는 대로 되어 준다면 얼마나 좋을까!
비올라	아가씨, 그러면 제 신분이 지금보다 더 나아질까요? 그렇게 되어 보고 싶군요. 지금이야 제가 아가씨의 어릿광대 노릇을 하고 있을 뿐이거든요.
올리비아	아, 이분 입에서 나오면 경멸도 아름답게만 여겨지는군. 그토록 모욕을 당하고 저렇게 화를 내고 있어도 말이야! 살인죄는 금세 탄로난다고 하지만 숨겨 두고 싶은 사랑은 더욱 빨리 탄로나고 말거든. 사랑의 밤은 대낮이나 다름없어. 세자리오, 봄철 장미에 걸고, 그리고 처녀의 정조, 명예와 진실, 그밖의 모든 것에 걸고 맹세하지만, 나는 당신을 사랑하고 있어요. 당신의 그 오만함에도 불

구하고, 지혜와 이성은 이 정열을 억제할 수 없어요. 여자가 먼저 구애를 한다고 해서 거절해야 한다는 구실은 내세우지 마세요. 오히려 이렇게 생각하세요. 구해서 얻은 사랑도 좋지만 구하지 않고도 얻은 사랑은 더 소중하다고 말이에요.

비올라 순결과 젊음에 걸고 맹세하지만, 저는 단 하나의 마음, 하나의 가슴, 하나의 진실밖에는 없어요. 그러나 이건 그 어느 여자에게도 드릴 수가 없어요. 이걸 소유할 수 있는 사람은 오로지 저 이외에는 아무도 없거든요. 그러면 아가씨, 안녕히 계세요! 제 주인의 눈물을 하소연하러 다시는 오지 않겠어요.

올리비아 하지만 또 와 주세요. 지금은 그분이 내 마음에 없지만, 당신 얘기를 듣고 있으면 혹시 내가 그분의 사랑을 기쁘게 여길 지도 모르니까요.

3막 2장

올리비아의 집, 한 방.

❧ 토비 벨취 경, 앤드루 에이규치크 경, 페이비언이 등장한다.

앤드루 난 정말 이제는 잠시도 여기 더 있지 않을 테야.

토비 왜 그래, 이 생쥐야? 왜 그러느냐고?

페이비언	앤드루 경, 까닭이 뭔데요.
앤드루	제기랄, 네 조카딸은 나보다도 공작의 하인 놈을 더 우대한단 말이야. 그런 꼴을 내 눈으로 정원에서 분명히 봤다고.
토비	이봐, 그때 내 조카딸이 네가 거기 있는 걸 봤던가? 그걸 말해 봐.
앤드루	그야 물론 보았지.
페이비언	그건 아가씨가 당신에게 반했다는 훌륭한 증거라고요.
앤드루	빌어먹을! 넌 나를 뭐로 아는 거야?
페이비언	사려와 분별의 맹세를 배심원으로 삼아, 제가 그 증거의 신빙성을 증명해 보여드릴까요?
토비	그 사려와 분별이라면 노아가 방주의 선장이었을 때부터 버젓이 배심원들이었어.
페이비언	아가씨가 당신 눈앞에서 그 젊은 놈에게 호의를 보인 거야 당신을 안달하게 만들고 당신의 잠들어 있는 용기를 일깨우며, 당신의 가슴에 불을 지르고 간에는 유황을 쏟아 붓기 위한 것이었지요. 그때 당신은 아가씨 앞에 썩 나선 다음, 조폐소에서 지금 막 주조되어 나온 새 돈 같은 근사한 농담으로 그 젊은 놈의 말문을 막아 한방 놓았어야만 했다고요. 아가씨는 그런 일을 고대하고 있었을 텐데 당신은 그만 등한히 하고 말았군요. 이중 삼중의 절호의 기회를 그만 놓쳐 버리다니요! 아가씨의 애정은 식어 버리고, 당신은 이제 당분간 네덜란드 사람의 턱수염에 매달린 고드름의 신세처럼 되어 북해를 항해 할 수밖에는 없게 되었군요. 용기나 술책을 써서 신망을 되찾지 못한다면 말이에요.
앤드루	그야 용기는 내야겠지. 난 술책 따위는 싫어. 권모술수를 쓰기보다는 차라리 청교도가 되겠어.
토비	그러면 용기를 밑천으로 한 번 행운을 잡아 보라고. 공작의 젊은

하인 놈에게 결투를 신청해서 상처를 열한 군데 쯤 내주란 말이야. 그렇게 되면 내 조카딸도 탄복할 거야. 여자의 칭찬을 받는 데 용감하다는 평판보다 더 이상 좋은 것이 없다는 걸 알아 두란 말이야.

페이비언 앤드루 경, 그렇게 하는 수밖에 다른 도리는 없다고요.

앤드루 당신들 두 사람 가운데 누가 나의 결투 도전장을 저놈에게 전해주겠어?

토비 무사다운 글씨로 신랄하게, 그리고 짧게 작성해. 또한 재치 있게 다듬어도 상관없지만 새로운 말투의 웅변조로, 잉크가 허용하는 한 조롱조로 쓰란 말이야. '이놈, 네놈이'라고 세 번씩이나 되풀이해서 써도 상관없어. 종이가 꽉 차도록 거짓말을 늘어놓으라고. 그 종이가 저 웨어 Ware 씨 저택의 침대만큼 넓다 해도 말이야. 자, 잉크에 쓴맛을 잔뜩 타란 말이야. 거위 깃 펜으로 써도 좋아. 자, 빨리.

앤드루 우린 어디서 만날까?

토비 우리가 네 거처를 찾아가겠어. *(앤드루가 퇴장한다.)*

페이비언 토비 경, 저 사람은 당신에게 참으로 소중한 허수아비로군요.

토비 암, 소중한 허수아비지. 난 저 친구에게 이 천 더커트 이상이나 바가지를 씌웠으니까.

페이비언 아주 재미있는 결투 도전장을 써 올 모양이군요. 당신은 설마 그걸 전하려는 건 아니겠지요?

토비 천만에. 어떻게 해서든지 난 그 젊은 놈에게서 답변을 받아 오고야 말 테야. 그런데 소에다 밧줄을 매서 끌어내게 해봐도 이 두 녀석이 맞붙을 것 같지는 않아. 앤드루 녀석을 해부해 봐. 저놈의 간에는 벼룩의 다리 하나가 들러붙을 만한 피도 없는 그런 얼간이지

뭐야. 만일 저놈에게 그런 피가 있다면 해부하고 남은 찌꺼기는 내가 먹어 주겠어.

페이비언 게다가 상대방인 젊은 놈의 얼굴에는 잔인한 기색이 조금도 없지요.

🌿 *마리아가 배를 잡고 킬킬대면서 바쁘게 등장한다.*

토비 저거 봐. 뱁새 새끼 아홉 마리 가운데 막내둥이가 오는군.

마리아 심심풀이로 옆구리가 아플 정도로 웃고 싶다면 따라오세요. 저 멍청이 맬볼리오가 이교도에다 배교자가 되어 버렸단 말이에요. 올바른 신앙으로 구원되려고 하는 그리스도교 신자 가운데 저렇게도 야비하고 더러운 짓을 할 수 있는 사람은 없거든요. *(깔깔 웃으며)* 저 멍청이가 노란 양말을 신었다고요.

토비 *(언성을 높여서)* 게다가 십자 형태의 끈을 맸나?

마리아 네, 참으로 가관이에요. 마치 교회의 주일 학교 선생 같아요. 저는 자객처럼 그의 뒤를 따라다니면서 봤어요. 제가 떨어뜨려 놓은 편지에 지시된 그대로 하는데, 글쎄, 그는 생긋생긋 웃으면서 얼굴은 마치 인도 Indies가 더 자세히 그려진 새 지도처럼 주름살투성이가 되었지요. 그런 꼴은 처음 보시게 될 거예요. 전 뭐라도 그에게 집어 던져주고 싶어 죽을 지경이라고요. 아가씨가 보시면 틀림없이 그에게 매질을 할 거예요. 저 얼간이는 매를 맞아도 생긋생긋 웃으며, 그걸 오히려 아가씨의 호의인 줄 알 거예요.

토비 자, 그놈이 있는 곳으로 우릴 안내해라. 안내하라고. *(모두 뛰어나간다.)*

거리.

🌺 *앤토니오와 세배스티언이 등장한다.*

세배스티언 나로선 이렇게 수고를 끼치고 싶지는 않아요. 하지만 당신이 고생을 기쁨으로 여긴다니, 난 더 이상 뭐라고 말할 수 없군요.

앤토니오 난 당신과 헤어져 뒤에 남아 있을 수가 없었어요. 줄로 갈아놓은 강철 박차보다 더 날카로운 욕망, 당신과 함께 있고 싶다는 욕망이 나를 뒤에 처져있도록 놓아두질 않았지요. 아무리 긴 여행이라도 나는 마다하지 않을 작정이지요. 당신을 흠모하고 있기 때문일 뿐만 아니라, 이 고장이 생소하다는 당신의 몸에 혹시라도 불상사가 닥치지나 않을까 하는 불안감 때문에 나는 이렇게 따라오게 되었지요. 안내자도 동행도 없는 타향 사람은 흔히 난폭하고 무례한 대접을 받게 마련이거든요. 이러한 염려 때문에 당신을 뒤쫓아 오게 되었지요.

세배스티언 친절한 앤토니오, 난 다만 감사하다는 말밖에는 다른 할 말이 없군요. 그렇게 고마운 일을 하찮은 인사말 몇 마디로 얼버무려 버린다는 건 참으로 안됐어요. 하지만 내 재산이 나의 진정만큼 풍부하다면 당신에게 답례도 할 수 있을 텐데요. 그런데 이제 뭘 하지요? 이 고장의 고적이라도 구경하러 다닐까요?

앤토니오 그건 내일로 미루고 우선 당신 숙소나 정합시다.

세배스티언 나는 피곤하지도 않고 밤이 되기까지는 아직 시간이 있어요. 그러니까 자, 이 고장의 기념물이나 명소들을 구경하면서 우리 눈을 즐겁게 해주자고요.

앤토니오 미안하지만 나는 이곳 거리를 함부로 돌아다닐 수 없는 처지인걸요. 예전에 해전에서 이곳 공작의 군함에 대적해서 싸웠을 때 나는 다소의 공적을 세운 일이 있기 때문에 만일 붙잡히게 되면 뭐라고 변명할 길이 없을 테니까요.

세배스티언 당신은 아마도 이곳 사람을 많이 죽인 모양이군요.

앤토니오 내 죄는 그렇게 잔인한 건 아니지요. 하기야 그때 전투 성질에 비추어 보아서는 참혹한 일이 벌어질 수도 있었지요. 어쨌든 우리가 전리품만 반환한다면 원만히 해결될 상황이었지요. 사실 무역 형편상 우리 고장 사람들은 대개 그 방안을 선택했지만, 나 홀로 반대했지요. 그러니까 만일 이곳에서 잡힌다면 나는 상당한 보복을 당할 거라고요.

세배스티언 그렇다면 마음 놓고 돌아다니지 않는 게 좋겠군요.

앤토니오 그래요. 자, 이걸 받으세요. (돈지갑을 꺼내서 준다.) 남쪽 변두리에 위치한 엘리펀트 (Elephant, 코끼리) 여관이 제일 좋을 것 같군요. 난 식사 준비를 시켜 놓겠어요. 그 동안 당신은 시간을 보내면서 시내를 구경하고, 여러 가지를 알아 두세요. 난 숙소에서 기다리겠어요.

세배스티언 당신 지갑을 왜 나에게 주는 거요?

앤토니오 혹시 사고 싶은 물건이 눈에 띄게 될지도 모르는데, 당신 돈으로는 이것저것 살 여유가 없을 테니까요.

세배스티언 그러면 내가 당신 돈지갑을 받아 두겠고, 한 시간쯤 다녀오겠어요.

앤토니오 엘리펀트 여관에서 기다리겠어요.

세배스티언 잘 알았어요. (두 사람이 각각 다른 방향으로 퇴장한다.)

올리비아 집 정원.

🦋 올리비아가 명상에 잠긴 채 등장하고 마리아가 그 뒤를 따라
들어온다. 올리비아가 걸상에 앉는다.

올리비아   *(방백)* 그분은 또 오겠다고 말했어. 그래서 모시러 사람을 보냈는
데, 그분이 온다면 나는 어떻게 하면 좋을까? 무엇을 드릴까? 젊었
을 때는 애원을 받거나 차용당하는 것보다는 선물 받는 걸 더 기
뻐한다고 하거든. 어머나, 내가 이렇게 큰 소리로 말하다니. (마리
아에게) 맬볼리오는 어디 있어? 그 사람은 착실하고 얌전해서 나
처럼 상중에 있는 사람에게는 하인으로선 안성맞춤이야. 맬볼리
오는 어디 있느냐고?

마리아   지금 이리로 오고 있을 거예요. 그런데 그의 태도가 이상해요. 꼭
악마에 홀린 사람 같아요.

올리비아   아니, 무슨 일인데? 고함을 지르나?

마리아   아니에요. 그냥 히죽히죽 웃고만 있어요. 그가 이리 오면 아가씨
도 조심하셔야만 해요. 미친 게 분명하니까요.

올리비아	네가 가서 이리 불러 와.

🍀 *맬볼리오가 노란 양말을 신은 채 이상한 걸음걸이로 등장한다.*

올리비아	나도 역시 미친 거잖아. 진실해서 미친 것과 기뻐서 미친 것은 차이가 있지만 말이야. 웬일이냐, 맬볼리오?
맬볼리오	아름다운 아가씨, 호호호.
올리비아	아니, 나는 진실한 일이 있어서 불렀는데 넌 웃고 있는 거냐?
맬볼리오	진실한 일이라니요, 아가씨! 저도 진실한 표정은 지을 수 있지요, 이렇게 십자 형태로 끈을 졸라매면 혈액 순환에는 지장이 있지만, 뭐, 괜찮아요. 한 분의 눈을 즐겁게 해 드릴 수만 있다면, 저에게는 저 참다운 소네트 노래에도 있듯이 '한 분을 즐겁게 해 드리면 모든 사람이 즐겁다'고 하는 격이지요.
올리비아	웬일이냐? 도대체 어찌된 영문이냐고?

맬볼리오 : 아름다운 아가씨, 호호호.
_존 H. 램버그 작

올리비아 : 넌 무엇 때문에 그렇게 능글맞게 웃으면서 자기 손에 키스하는 거냐?

맬볼리오	비록 제 다리는 노란색이라 해도, 제 마음은 검지 않아요. 그 편지는 바로 당사자의 손에 들어갔고요. 그저 분부하신대로 실행하고 있지요. 저 아름다운 로마식 필적은 누구나 다 알고 있으니까요.
올리비아	자러 가는 게 어때, 맬볼리오?
맬볼리오	자러 가다니! 예, 아가씨, 그렇게 하겠어요.
올리비아	저런! 넌 무엇 때문에 그렇게 능글맞게 웃으면서 그토록 줄곧 자기 손에 키스하는 거냐?
마리아	왜 그래요, 맬볼리오?
맬볼리오	천한 것이 감히 참견을 하다니! 좋아. 소쩍새도 까마귀에게 응답한다니까.
마리아	어쩌자고 아가씨 앞에서 그렇게 버릇없이 대담하게 구는 거예요?
맬볼리오	*(올리비아에게)* '타고난 신분은 제가 당신보다 높지만 저의 신분에 개의치 마세요' 라는 구절은 참 잘 쓰신 거였어요.
올리비아	그게 무슨 소리냐, 맬볼리오?
맬볼리오	'어떤 사람들은 고귀한 신분으로 태어나고'
올리비아	뭐라고?
맬볼리오	'그리고 어떤 사람들은 고귀한 신분을 스스로 성취하고'
올리비아	그게 무슨 소리야?
맬볼리오	'또 어떤 사람들은 고귀한 신분을 타인으로부터 얻기 마련이지요'
올리비아	하느님 맙소사!
맬볼리오	'당신이 노란색 양말을 신기를 바라고'
올리비아	노란색 양말이라니!
맬볼리오	'언제나 십자 형태로 끈을 매기를 권고하는 사람을 행여나 잊지 마세요'

가터 훈작 표시를 한 맬볼리오. _ H. 그레이블로트 작

올리비아	십자 형태의 끈이라니!
맬볼리오	'당신이 원한다면 행운은 마련되어 있어요'
올리비아	나의 행운 말이냐?
맬볼리오	'당신이 원치 않는다면 당신은 영원히 하인으로 남을 거예요'
올리비아	가만 있자. 이건 완전히 돌아버렸군, 그래.

🍃 하인이 등장한다.

하인	아가씨, 오시노 공작님의 젊은 시종이 돌아왔어요. 제가 간신히
	모시고 왔지요. 지금 아가씨를 기다리고 있는 중이예요.

올리비아	곧 만나러 나가겠어. *(하인이 퇴장한다.)* 얘, 마리아, 저 사람을 좀 돌봐줘라. 토비 숙부님은 어디 계시냐? 누군가 우리 친척에게 저 사람을 특별히 잘 돌봐달라고 해야겠어. 내 재산의 절반을 없애는 한이 있더라도 나는 저 사람에게 잘못되는 일이 없도록 해야겠거든. *(올리비아가 마리아를 데리고 안으로 들어간다.)*
맬볼리오	음, 흠! 이제는 나를 이해하겠지? 토비 경이 아니고는 누가 나를 돌봐줄 수 있겠느냐 이 말이야! 이건 꼭 편지의 내용 그대로야. 아가씨가 토비를 데려오라고 말한 건 나더러 그를 좀 야단치라는 거야. 편지에도 그렇게 적혀 있었지. '미래의 신분에 낯을 익히고 미천한 현재를 탈피하여 싱싱한 모습으로 대해주세요. 저의 친척들에게는 대항하고 저의 하인들은 오만하게 대하세요. 항상 호언장담하는 어조로 고상한 이론을 논하며, 기이한 모습을 보여주세요.' 라고 말이야. 그 다음에는 거동에 대한 지시가 있었지. 까다로운 표정, 점잖은 동작, 유창한 말씨, 저명한 귀족의 거동, 기타 말이야. 이제 저 여자는 완전히 내 것이 되었어. 이건 역시 조우브 Jove 신의 덕택이야. 조우브 신이여, 감사합니다! 그리고 저 여자는 안으로 들어가면서 '저 사람을 돌봐줘라' 고 말했다고! 그냥 '저 사람' 이라고 했단 말이야! 맬볼리오라고 말하거나 나의 계급을 말한 게 아니라 그냥 '저 사람' 이라고 했다 이거야! 아, 척척 들어맞았어. 그야 티끌만한 의심도, 사소한 주저도, 아무런 장애도, 아무런 의혹이나 불안도 있을 수가 없어. 뭐라고 말해야 좋을까? 지금의 나 자신과 희망에 가득 찬 나의 미래 사이에는 아무런 방해도 개입할 수가 없어. 이건 나의 힘이 아니라 조우브 신이 하신 거야. 그러니까 난 조우브 신에게 감사해야지.

가터 훈작의 맬볼리오, 올리비아, 마리아

🌸 마리아가 토비 벨취 경과 페이비언을 데리고 다시 등장한다.

토비   성역의 이름으로 묻지만, 그 나쁜 놈은 어디 있어? 그놈이 지옥의
           모든 악마들에게 홀렸다 해도, 아니, 악마의 두목에게 홀렸다 해
           도 내가 상대해 주겠어.

페이비언   여기 있군요. 여기 있다고요. 웬일인가, 맬볼리오?

토비   이 사람아, 웬일이야?

맬볼리오   저리 물러가! 난 너희에게 볼일이 없어. 혼자 있고 싶어. 썩 물러
           가란 말이야!

마리아   저거 봐요. 저 사람을 홀린 마귀가 지껄여대는 걸 보라고요! 제가

말했잖아요? 토비 경, 아가씨는 당신이 저 사람을 돌봐주기를 바란다고요.

맬볼리오 아, 하! 아가씨가 그렇게 말했어?

토비 자, 자. 진정해. 진정하라고. 이럴 때는 저 놈을 조용조용히 달래야만 해. 나한테 맡겨두라고. 잘 지내지, 맬볼리오? 그래, 어떻게 지내나? 원, 이 사람아, 마귀한테 져서는 안 돼! 생각을 좀 해보라고. 마귀는 인류의 원수가 아니냐 이거야.

맬볼리오 아니, 그건 무슨 소리야?

마리아 저거 보세요. 당신이 마귀를 욕하니까 저 사람이 화내는 걸 보라고요! 하느님, 저 사람을 홀리고 있는 마귀를 제발 몰아내 주십시오!

마리아 _ 아우구스투스 에그 작

페이비언	저 놈의 오줌을 무당에게 가져가서 보입시다.
마리아	어떻게 해서라도 난 내일 아침에 무당에게 갖다 보이겠어요. 아가씨는 어떠한 일이 있어도 저 사람을 잃으면 안 된다고 말했거든요.
맬볼리오	그야 물론이야, 아가씨!
마리아	*(목이 멘 소리로)* 어머나!
토비	제발 조용히 해. 이래선 안 되겠어. 저거 봐, 당신이 이러니까 저 놈이 화를 내잖아. 그러니까 나에게 맡겨두라는 거야.
페이비언	살살 달래는 수밖에는 없다고요! 마귀란 놈은 아주 성미가 거칠기 때문에 거칠게 다루면 안 되거든요.
토비	원, 이 멋쟁이야, 웬일이야? 이 풋내기야, 웬일이야?
맬볼리오	뭐라고?
토비	야, 이 거위 놈아, 날 따라와. 아니, 이 사람아! 마귀하고 술래잡기를 하다니. 점잖지 못하게 말이야. 시커먼 마귀 같은 건 때려잡아 버려야 돼!
마리아	토비 경, 기도를 시키세요. 기도하게 만들라고요.
맬볼리오	기도가 다 뭐야? 말괄량이 같으니!
마리아	저걸 좀 봐요. 기도 같은 건 귀에 들리지도 않는 거예요.
맬볼리오	너희는 모두 목이나 매고 뒈져 버려! 쓸모없는 천한 것들 같으니라고. 난 너희들하고는 다른 신분이다 이거야. 두고 보면 알 거야. *(맬볼리오가 퇴장한다. 모두 어안이 벙벙하여 그의 뒷모습을 바라다보고 있다.)*
토비	이럴 수가 있어?
페이비언	이게 신파극이라면, '이럴 수가 있어?' 하고 관객들이 비난할 테지요.
토비	저놈은 우리 꾀에 완전히 걸려들고 말았어.

마리아	아니에요. 빨리 뒤 따라가 보세요. 우리 꾀가 탄로 나서 김이 새면 안 되거든요.
페이비언	내버려두면 저놈이 정말 미쳐 버릴지도 모르겠군요.
마리아	그렇게 되면 집안이 더욱 조용해지겠지요.
토비	저놈을 암실에 처넣고 가두어 버리자. 내 조카딸은 저놈이 미쳐 버렸다고 이미 믿고 있거든. 그러니까 우리는 재미도 보고 저놈을 혼도 내주기 위해 실컷 골려주자고. 측은히 여겨질 때까지 말이야. 그때 가서 이 계략을 공개하고 미친놈을 발견한 자는 아무개 라고 표창하잔 말이야. 그런데 가만 있자. 가만있어.

맬볼리오, 올리비아, 마리아 _ W. H. 로빈슨 작

🎭 *앤드루 에이규치크 경이 결투 도전장을 써서 손에 들고 등장한 다.*

페이비언	오월 축제의 감이 또 하나 오는군요.

앤드루	이건 결투 도전장이야. 좀 읽어 보라고. 식초와 고춧가루로 양념을 단단히 쳤어.
페이비언	그렇게 시고도 매운 거야?
앤드루	그래, 저놈에게는 그렇고말고! 읽어 보라고.
토비	이리 줘. (읽는다.) '젊은이여, 누군지는 모르지만 너는 풋내기에 불과하다.'
페이비언	잘 되어 있군요. 그리고 용감해요.
토비	(읽는다.) '내가 왜 너를 풋내기라고 부르는지에 대해서는 의심하지도 말고 속으로 놀라지도 마라. 나는 그 이유를 말하지 않을 테니까.'
페이비언	정말 근사해요. 그쯤 해두면 당신은 협박죄의 법에는 걸리지 않을 테지요.
토비	(읽는다.) '너는 올리비아 아가씨를 찾아오고 내가 보는 앞에서 아가씨의 우대를 받지만 너야말로 거짓말쟁이다. 그런데 이것은 내가 너에게 결투를 신청하는 이유는 아니다.'
페이비언	아주 간결해요. 그리고 명료해요. (방백) 명료하지는 않아.

토비	(*읽는다.*) '나는 네가 집으로 돌아가는 길목에서 기다릴 것이다. 네가 그곳에서 요행히도 나를 죽일 수 있다면 말이다.'
페이비언	근사해요.
토비	(*읽는다.*) '너는 나를 마치 무뢰한이나 악한처럼 죽일 것이다.'
페이비언	역시 법에 걸리지 않도록 조심하고 있군요.
토비	(*읽는다.*) '잘 가라. 그리고 신이여, 우리 두 사람 가운데 한 사람의 영혼에게 자비를 베풀어 주십시오! 신은 아마도 나의 영혼에게 자비를 베풀지도 모른다. 그러므로 나는 자신만만하다. 그러니까 너는 조심해라. 너의 태도 여하에 따라 나는 너의 친구도 될 수 있고 원수도 될 수 있다. 앤드루 에이규치크로부터.' 만일 이 결투장을 받아 보고도 가만있다면 저놈은 다리도 움직이지 못하는 놈이야. 이건 내가 직접 전달하겠어.
마리아	당신에게는 마침 기회가 좋아요. 저 사람이 지금 아가씨와 뭔가 얘기하고 있는 중이니까 곧 돌아가게 될 거예요.
토비	앤드루, 가 봐. 집달리처럼 정원 모퉁이에서 저놈을 기다리고 있으란 말이야. 만나자마자 칼을 빼들면서 무섭게 고함을 질러라. 허풍을 떨며 쿡 찔러 버리라고. 그래야 사실보다 더 명성을 얻는단 말이야. 빨리 가 봐!
앤드루	걱정 마. 난 고함을 지를 테니까. (*앤드루 경이 바깥쪽 문으로 퇴장한다.*)
토비	난 이 결투장을 전달하지 않겠어. 저 젊은 놈은 거동이 제법 똑똑하고 교양도 있어 보이니까 말이야. 공작이 저놈을 내 조카딸에게 보내는 것만 보아도 알 수 있지. 그러니까 저놈은 돼먹지 않은 이런 도전장을 겁내지는 않을 거야. 그리고 어느 얼빠진 놈이 보낸 도전장이라는 것도 곧 알아내고 말 거야. 그러니까 난 저놈에

올리비아의 정원에 있는 맬볼리오
_ 다니엘 매클리스 작

게 구두로 전하겠어. 앤드루가 대단히 용감한 사람이라 해놓고 저
젊은 놈을 몰아대면, 저놈은 상대방의 격분과 숙련된 싸움 솜씨와
맹렬한 성미를 금세 곧이듣고 말거야. 이렇게 양쪽이 모두 겁을
집어먹게 해 놓는다면, 두 사람은 괴룡처럼 서로 노려만 봐도 뻗
어 버릴 거란 말이야.

🐾 올리비아와 비올라가 안에서 나온다.

페이비언   저기 그 젊은 놈이 당신 조카딸과 같이 오는군요. 작별할 때까지
가만히 두었다가 곧 뒤를 쫓아가 보세요.

토비	그 동안에 난 도전용의 끔찍한 말이라도 생각해 둬야겠어. *(토비, 페이비언, 마리아가 정원으로 퇴장한다.)*
올리비아	나는 내 신분도 아낌없이 내던지고 나서 돌처럼 무정한 마음에게 너무 지나치게 속마음을 말해 버렸군요. 나 자신의 실수를 후회해요. 하지만 너무나도 격렬한 실수라서 아무리 후회해 봐야 소용이 없군요.
비올라	제 주인의 슬픔도 아가씨의 열정적 고민과 똑같아요.
올리비아	자, 나를 위해 이 보석을 지니고 계세요, 나의 초상이에요. 거절하진 마세요. 설마 이것이 입을 열어 당신을 괴롭히지는 않을 테니까요. 그리고 부디 내일 또 오세요. 뭐든지 당신이 나에게 요청하신다면 난 거절하지 않겠어요. 내 명예가 손상되지만 않는 일이라면 말이에요.
비올라	당신이 저의 주인을 진정으로 사랑하는 것 이외에 저는 아무것도 바라지 않아요.

올리비아	당신에게 이미 바친 사랑을 내가 어떻게 명예를 손상하지 않은 채 그분에게 줄 수 있겠어요?
비올라	제가 용서해 드리겠어요.
올리비아	어쨌든 내일 또 와주세요. 안녕히 가세요. 당신 같은 마귀가 있다면 내 영혼은 지옥까지 따라가도 괜찮겠어요. *(올리비아는 안으로 들어가고 비올라는 바깥 문 쪽으로 걸어 나온다.)*

🍃 토비 벨취 경과 페이비언이 나타난다.

토비	이봐요, 잘 지내지요?
비올라	예, 안녕하세요?
토비	될 수 있는 한 방어 태세를 갖추는 게 좋을 거요. 당신이 무슨 잘못을 저질렀는지는 내가 알 바 아니지만, 몹시 격분한 자가 당신을 대기하고 있지요. 그 자는 원한에 사무쳐 피에 굶주린 사냥개처럼 정원 모퉁이에서 대기하고 있지요. 당신은 칼을 빼들고 만반의 태세를 갖추라고요. 상대방은 날쌘데다가 솜씨도 솜씨려니와 무서운 놈이니까요.
비올라	사람을 잘못 보신 건 아닌가요? 저는 아무하고도 싸울 일이 없어요. 남에게 잘못한 기억도 전혀 없고요.
토비	당신은 사태를 잘못 알고 있는 것 같군요. 그러니까 목숨을 소중히 여긴다면 방어 태세를 갖추라고요. 상대방은 젊고 기운깨나 쓰는 데다가 솜씨도 그만이고, 게다가 화가 치밀어 펄펄 뛰고 있으니까.
비올라	도대체 어떤 분인데요?
토비	기사지요. 싸움터의 무공 때문이 아니라 그저 융단 위에서 작위를 받은 사람이지만, 싸움에는 악마 같은 놈이지요. 벌써 세 사람이

나 영혼과 육체를 분리시켜 놓은 솜씨라고요. 지금도 어쩌나 화가 치밀어 있던지 상대방을 기어코 죽여서 무덤에 보내기 전에는 시원치 않다고 펄펄 뛰고 있단 말이오. 때리느냐 맞느냐, 즉 죽느냐 사느냐 하는 것뿐이라고 야단이지요.

비올라　안으로 다시 들어가서 아가씨의 도움을 받아야겠군요. 저는 싸움을 할 줄 몰라요. 세상에는 싸움을 걸고 상대방의 용기를 시험해 보는 사람들이 있다는 이야기를 들은 적은 있어요. 그분도 아마 그런 부류의 사람인 모양이군요.

토비　그렇지가 않아요. 그 자가 격분하고 있는 데에는 상당한 이유가 있을 거요. 그러니까 당신은 가서 그 자의 요구에 응해 주란 말이오. 당신은 안에 들어가지 못해. 내가 상대할 테니까. 차라리 그 자와 상대하는 편이 더 안전할 거요. 그러니까 당신은 그 자를 상대해 보든가, 그렇지 않으면 지금 칼을 빼란 말이오. 어차피 말려들 일이니까. 그러지도 못한다면 앞으로 쇠붙이 같은 건 몸에 지니지 않겠다고 맹세하라고요.

비올라　이건 참 기괴하고 무례한 일이에요. 부탁하지만 제가 그 기사에게 무슨 잘못이 있었는지 당신이 물어 봐 주시는 친절을 베풀어 주시겠어요? 제가 아마 모르는 사이에 실례했는지도 모르지요. 저는 고의로 한 일은 없으니까요.

토비　그렇게 해드리지요. 페이비언, *(눈짓을 하면서)* 내가 돌아올 때까지 이 사람 곁에 좀 있어줘. *(그는 바깥문으로 퇴장한다.)*

비올라　당신은 무슨 영문인지 아세요?

페이비언　그 기사는 격분하여 당신과 결투하겠다고 야단이더군요. 그러나 그 밖의 사정은 난 전혀 몰라요.

비올라　도대체 어떤 분인가요?

페이비언	외모로 봐서는 별 게 아니지만, 알고 보면 굉장한 용사지요. 사실 이곳 일리리어 Illyria의 그 어느 곳을 찾아봐도 없을 만큼 싸움도 잘하고 지독하게 맹렬한 사람이지요.*(비올라의 팔을 붙들고)* 어디 그분에게 가보실까요? 될 수 있다면 내가 화해를 붙여 드리지요.
비올라	그렇게만 해주시면 고맙겠어요. 저는 기사보다는 사제를 상대할 사람이에요. 제 본성을 그렇게 생각하셔도 좋아요. *(두 사람이 뜰에서 퇴장한다.)*

🐾 *올리비아의 집. 정원 뒤에 있는 조용한 길. 문이 있다. 수목과 관목들이 서 있다. 토비 벨취 경과 앤드루 에이규치크 경이 등장한다.*

토비	그런데 이봐, 저놈은 그야말로 악마 같은 놈이야. 여자같이 생긴 놈이 그렇게 맹렬할 줄이야 몰랐거든. 내가 칼집 낀 채 한바탕 해봤는데, 저놈이 어찌나 날쌔게 달려들던지 나는 도저히 피할 수가 없었다고. 저놈의 칼솜씨가 정확하기로는 네 발이 땅을 딛고 있는 것만큼이나 정확했어. 페르시아 왕의 검객이었다더군.
앤드루	이거 야단났군. 난 싸움을 그만두겠어.
토비	아, 그렇지만 저놈이 어디 들어먹어야 말이지. 지금 저기서 페이비언이 저놈을 붙들고 달래느라 애를 먹고 있어.
앤드루	이거 큰 일이네. 저놈이 그렇게 세고 검술이 굉장한 줄 알았더라면 난 결투를 신청하지 말고, 저놈이 저주받아 죽는 꼴이나 보고 있을 걸 그랬어. 저놈에게 이번 결투를 그만두자고 해보게. 그 대신 난 저놈에게 내가 가진 회색 말을 주겠어. 저 회색 말 캐필레트 Capilet 말이야.

토비	내가 교섭을 해보겠어. 넌 여기 있으라고. 칼깨나 쓰는 사람인 체

토비　내가 교섭을 해보겠어. 넌 여기 있으라고. 칼깨나 쓰는 사람인 체 하고 말이야. 그렇게 하면 두 사람의 목숨이 서로 영혼을 잃지 않고 마무리될지도 모르니까. *(방백)* 난 이렇게 네놈뿐만 아니라 네놈의 말까지도 올라타 줄 테야. *(페이비언과 비올라가 뜰에서 나온다. 토비가 페이비언을 불러 방백.)* 싸움을 말린 대가로 앤드루 놈의 말을 내가 가져야겠어. 저 젊은 놈이 악마 같은 놈이라고 허풍을 떨어놓았거든.

페이비언　저 사람도 역시 겁을 집어먹고 있지요. 마치 곰에게 쫓기는 것처럼 숨을 헐떡거리고 얼굴이 파랗게 질려 있다고요.

토비　*(비올라에게)* 어쩔 도리가 없어요. 저 사람은 맹세를 한 이상 기어이 싸우겠다고 야단이거든요. 사실은 저쪽 상대방도 숙고한 결과 싸울 거리가 하찮은 것이라는 점은 자인하고 있어요. 하지만 저 사람이 한 번 맹세를 한 일이니 그의 체면을 세워 주기 위해서라도 당신은 칼을 빼어 드세요. 저 사람은 당신에게 상처를 내지는 않겠다고 하니까.

비올라　*(혼잣말로)* 하느님, 제발 저를 보호해 주십시오! 자칫하면 내가 남자가 아니라는 것이 여기서 탄로나겠군.

토비 벨취 경 : 자, 한바탕 해봐!

앤드류 에이규치크 경 : 하느님, 제발 저 사람이 약속을 지키게
　　　　　　　　해주십시오!
　　　　　　　　　　　　　　　　_W. H. 로빈슨 작

페이비언	저 사람이 무섭게 대들면 당신은 후퇴하세요.
토비	이봐, 앤드루, 별수 없어. 저 젊은 녀석이 명예를 위해서라도 너와 맞서 보겠다는 거야. 결투의 규칙상 이 싸움은 피할 수가 없다는 거야. 하지만 자기도 신사며 무사니까 너에게 상처는 내지 않겠다고 약속했어. 자, 한바탕 해봐!
앤드루	하느님, 제발 저 사람이 약속을 지키게 해주십시오!
비올라	저는 정말 마음에도 없는 싸움을 하는 거라고요.

　🍀 두 사람이 칼을 빼어들었을 때 앤토니오가 나타난다.

| 앤토니오 | *(앤드루에게)* 칼을 거두세요. 저 젊은이에게 잘못이 있다면 그 벌은 내가 받겠다고요. 만일 당신에게 잘못이 있다면 저 젊은이 대신에 내가 당신을 상대할 테요. |

앤토니오 *(앤드루에게)* 칼을 거두세요. 저 젊은이에게 잘못이 있다면 그 벌은 내가 받겠다고요. 만일 당신에게 잘못이 있다면 저 젊은이 대신에 내가 당신을 상대할 테요.

토비 이봐요! 도대체 당신은 뭐요?

앤토니오 저분이 당신에게 뭐라고 말했는지는 모르지만, 나는 저분을 위해 서라면 이 이상의 것도 하려는 사람이지요.

토비 공연히 간섭을 하겠다면 내가 상대해 주겠어. *(두 사람이 칼을 빼든다. 이때 경찰들이 다가오고 있다.)*

페이비언 이봐요, 토비 경, 참으라고요. 저기 경찰들이 오거든요.

토비 *(앤토니오에게)* 이제 당장 결판을 내줄 테야.

비올라 *(앤드루에게)* 제발 그 칼을 거두세요.

앤드루 그래요, 거두고말고요. 그리고 약속한 것을 곧 실천해 드리겠는데, *(칼을 칼집에 넣으면서)* 나의 말(馬)은 온순하니까 당신 말을 잘 들을 거요.

경찰 1 *(앤토니오를 가리키며)* 바로 이 사람이야. 체포해.

경찰 2 앤토니오, 오시노 공작의 고발에 따라 당신을 체포하겠어.

결투 장면 _ W. P. 프리트 작

앤토니오 사람을 잘못 본 게 아닌가요?

경찰 1 천만에. 나는 당신 얼굴을 잘 알고 있다고. 당신이 지금 선장의 모자를 안 쓰고 있다 해도 말이야. 연행해 가라. 내가 당신을 알고 있다는 건, 당신 자신도 알 거야.

앤토니오 하는 수 없군요. *(비올라에게)* 난 당신을 찾아다니다가 이 모양이 되었어요. 하지만 별 도리가 없군요. 당하는 수밖에는 말이에요. 내가 궁지에 빠졌으니까 아까 내가 드린 돈 지갑을 돌려주시겠어요? 나 자신이 당하는 일보다는 내가 당신을 도와드릴 수 없게 된 게 더욱 유감이군요. 놀라신 것 같은데 염려 마세요.

경찰 1 자, 빨리 가.

앤토니오 *(비올라에게)* 그 돈에서 다만 얼마라도 나에게 주세요.

비올라 무슨 돈 말인가요? 당신이 베풀어 준 친절이나 또 지금 당하는 곤경을 봐서 제가 가만히 있을 수는 없으니까 미력하지만 얼마간 나눠 드리지요. 제 수중에 얼마 없지만, 자, 받으세요. 이건 제가 저축한 것의 절반이에요.*(돈을 준다.)*

앤토니오 *(돈을 거절하며)* 나를 몰라보신단 말인가요? 내가 이제까지 당신에게 베푼 친절만으로도 납득이 안 된다는 건가요? 이건 너무 비참한 얘기라고요. 당신이 나를 너무 비참한 처지에 몰아넣는다면, 나는 당신에게 베푼 온갖 선심을 방패삼아 당신을 저주하는 무정한 사람이 될지도 몰라요.

비올라   저는 전혀 기억이 없어요. 당신의 음성이나 얼굴조차 몰라요. 저는 은혜를 모르고 잊어버리는 것을 무엇보다 미워하지요. 거짓말하는 허영꾼이나 허풍떠는 주정꾼이나 또는 사람의 연약한 피를 부패시키는 어떠한 악덕보다도 더 미워한다고요.

앤토니오   아, 기가 막혀!

경찰 2   자, 빨리 가란 말이야.

앤토니오   잠깐만 말을 좀 하게 해줘요. 나는 저 젊은이가 다 죽어가던 걸 살려냈고 신성한 애정으로 친절을 베풀어 돌봐 주었지요. 그 용모가 매우 우아한 사람같이 보였기 때문에 나는 존경했던 것이라고요.

경찰 1   그게 우리하고 무슨 상관이 있어? 시간이 없으니까, 빨리 가!

앤토니오   하지만, 아, 추악한 우상이었구나! 세배스티언, 당신은 그 훌륭한 용모에 치욕을 준 거요. 이 세상에서 가장 더러운 건 사람의 마음이지요. 불실한 마음을 가진 사람이야말로 불구자인 거요. 진실이란 본래 아름다운 것인데, 원, 악마가 만들었는지 겉만 아름다울 수도 있는 모양이군.

경찰 1   이 사람은 미친 모양이야. 연행해 가라! 자, 빨리 해.

앤토니오   그러면, 자, 나를 연행해 가세요. *(경찰들이 앤토니오를 끌고 나간다.)*

비올라   저렇게 흥분해서 말하는 걸 보면 저 사람은 자신 있게 말하는 것 같은데, 하지만 난 전혀 기억이 없다고! 내 상상이 들어맞는다면, 저 사람은 혹시 나를 나의 그리운 오빠로 잘못 본 것이 아닐까?

토비	이봐, 앤드루, 이리 와. 페이비언도 이리 오라고. 우리도 그럴듯한 교훈을 한두 마디 주고받아 보잔 말이야.
비올라	저 사람이 아까 세배스티언이라고 말했어. 그렇다면 나는 살아 있는 오빠의 형상이 되는 셈이지. 오빠는 얼굴이 나하고 꼭 닮았거든. 그리고 이런 복장, 이런 빛깔, 이런 장식을 했어. 그래서 내가 오빠 흉내를 내고 있는 거야. 아! 이 일이 만일 사실이라면, 잔학한 폭풍우는 친절한 것이 되고 바닷물도 싱싱한 사랑이 넘쳐흐르는 것이 되겠는데 말이야! *(퇴장한다.)*
토비	저건 아주 몹쓸 졸장부야. 비겁하기로는 토끼보다도 못해. 궁지에 빠진 친구를 저버린 채 모른다고 잡아떼는 걸 봐도 얼마나 비겁한 놈인지 알겠어. 자세한 이야기는 페이비언에게 물어 보라고.
페이비언	비겁한 걸로 친다면 저놈은 헌신적이고 종교적이야.
앤드루	제기랄. 당장 저놈을 쫓아가서 때려 줘야겠어.

결투 장면 _ H. 호프만 작

결투 장면 _ 18세기 판화

토비	그렇게 해. 힘껏 갈겨 주라고. 하지만 칼을 빼서는 안 돼.
앤드루	음, 두고 봐. *(칼을 빼들고 비올라 뒤를 쫓아 퇴장한다.)*
페이비언	자, 뒤를 쫓아가서 하는 꼴을 좀 보자고요.
토비	난 얼마든지 돈을 걸어도 좋지만 하긴, 뭘 해. *(두 사람이 퇴장한다.)*

4막 1장

올리비아의 집, 문 앞 광장.

🍀 세배스티언과 광대가 등장한다.

광대	그러니까 내가 당신을 모시러 온 게 아니라고, 당신은 내가 믿게 하려는 건가요?
세배스티언	저리 가. 저리 가라고. 바보 소리는 집어치워. 널 이젠 상대하지 않겠어.
광대	정말 잘도 시치미를 떼시는군요. 그래, 나는 당신을 뵌 적이 없어요. 아가씨의 분부를 받고 당신이 담소하러 오도록 모시러 온 것도 아니지요. 그리고 당신 이름은 세자리오도 아니고, 이건 나의 코가 아니지요. 예, 그것이라고 하는 건 뭐든지 그것이 아니지요.
세배스티언	제발 그런 바보 소린 어디 딴 데 가서나 뻴으라고. 나는 정말 널 몰라.
광대	내가 바보 소릴 뻴는다니! 이 사람은 그 어떤 대단한 작자의 말을 듣고 와서는 이제 나 같은 바보에게 써먹는 거야. 내가 바보 소릴 뻴는다니! 원, 이러다가는 이 느림보 세상이 정말 얼빠진 게 되고 말겠어. 이봐요, 그렇게 시치미만 떼지 말고 내가 아가씨에게 돌아가서 뭐라고 뻴어야 할는지 말해 봐요. 당신이 곧 오신다고 내가 가서 뻴을까요?
세배스티언	바보 두목 같으니라고. 제발 좀 저리 가줘. 자, 이거 돈이야. *(돈을 준다.)* 넌 더 이상 우물쭈물하고 있으면 오히려 나한테 혼날 줄 알아.
광대	그거 참으로 관대한 손이로군요. 바보에게 돈을 주는 똑똑한 사람들은 좋은 평판을 사들이고 있지요. 하긴 값이 비싸긴 하지만 말이에요.

    🦋 *앤드루 에이규치크 경이 칼을 빼들고 광장에 등장한다. 토비 벨취 경과 페이비언이 뒤따라 등장한다.*

토비 벨취 경 : 자, 젊은 용사, 칼을 거두라고

앤드루	이봐, 널 다시 만났군, 그래. 한 대 먹어봐라. *(세배스티언을 주먹으로 때린다.)*
세배스티언	*(앤드루 경을 주먹으로 때려 주면서)* 뭐라고? 너나 한 대 먹어라. 자, 자! *(때려눕힌다.)* 이놈들이 모조리 미쳤나? *(단검에 손을 댄다.)*
토비	*(뒤에서 붙들면서)* 그만 해요, 그만. 그 단검을 거두지 않으면 난 그걸 지붕 너머로 내던져 버릴 거요.
광대	아가씨에게 이 일을 보고해야겠어. 두 푼 정도 받고는 난 이런 난장판에 말려들기 싫어. *(퇴장한다.)*
토비	자, 참으라고요! *(세배스티언이 몸부림친다.)*
앤드루	아니, 내버려둬. 내가 다른 방법을 강구해서 상대할 테니까. 이 일

리리어에 법이 있는 이상 난 저놈을 구타 죄로 고소할 테야. 내가 먼저 때리긴 했지만 그 까짓 건 상관없어.

세배스티언 이 손을 놓아요!

토비 아니, 난 놓지 않을 거요. *(앤드루에게)* 자, 젊은 용사, 칼을 거두라고. 네 힘은 알아 모셨으니까 말이야. *(세배스티언에게)* 자.

세배스티언 나를 붙들지 말라니까. *(토비 경을 뿌리쳐 버린다.)* 자, 어쩔 거야? *(칼을 빼든다.)* 그래도 해보겠다면 내가 상대해 주지. 자, 칼을 빼라고.

토비 뭐라고? 뭐야? 난 이제 이 무례한 놈의 피를 한두 온스쯤 흘려 줄 수밖에 없군. *(칼을 빼어든다.)*

🍂 안에서 올리비아가 나온다.

올리비아 : 그만 둬요, 토비 아저씨! 싸우면 절대로 안 돼요.

올리비아	그만 둬요, 토비 아저씨! 싸우면 절대로 안 돼요.
토비	아, 그러지! *(두 사람이 비켜선다.)*
올리비아	또 이러시는 거예요? 야만인처럼, 무지막지한 야만인들처럼 산 속이나 동굴 속에 가서 사세요! 내 눈에 안 보이게 저리 가버리라고요! 세자리오, 화내지 말아요. 무뢰한은 물러가라니까요! *(토비, 앤드루, 페이비언이 퇴장한다.)* 무례하게 봉변을 당하셨군요. 화가 나시겠지만 용서하시고 진정하세요. 안으로 같이 들어가시지요. 여태껏 저 난폭한 분이 얼마나 바보 같은 장난을 해왔는지 들려드릴게요. 듣고 나면, 이번 일도 곧 웃어 버리실 거예요. 제발 안으로 들어가세요. 거절은 마세요. 저분이 참 미련한 짓만 하는 탓에 제 심장이 얼마나 놀랐는지 보세요.
세배스티언	이게 무슨 영문인가? 강물이 거꾸로 흐르는 걸까? 혹시라도 내가 미친 걸까? 아니면 꿈을 꾸고 있는 걸까? 사랑이여, 나의 이성이 언제까지나 망각의 늪에 잠겨 있도록 해라. 이게 꿈이라면 내가 언제까지나 잠들어 있도록 해라!
올리비아	자, 제발 안으로 들어가세요. 제가 하자는 대로 해주세요!
세배스티언	예, 그렇게 하지요.
올리비아	아, 그럼 행동으로 보여 주세요! *(두 사람이 퇴장한다.)*

올리비아의 집, 한 방.

🌿 *뒤쪽에 방이 있고 막으로 가려져 있다. 광대와 마리아가 등장
한다. 마리아가 검은 겉옷과 가짜 수염을 들고 있다.*

마리아   자, 빨리 이 겉옷을 입고 수염을 달아라. 그리고 신부님인 토우패
스 Topas 경으로 가장하란 말이야. 빨리 해, 그 사이에 난 토비 경
을 불러올 테니까. *(마리아가 퇴장한다.)*

광대   알았어. 난 이걸 입고 감쪽같이 변장을 하겠어. 이런 옷을 입고 변
장 한 사람이 내가 최초라면 좋겠군. 난 주례 신부가 되기에는 키
가 좀 작고, 대학자라고 생각하기에는 좀 뚱뚱한 편이지. 하지만
정직하고 착한 살림꾼이라는 말을 듣는 건 위대한 대학자라는 말
을 듣는 것 못지않게 훌륭한 일이야. 저기 짝이 오는군.

🌿 *마리아가 토비 벨취 경을 데리고 등장한다.*

토비   안녕하세요, 신부님?

광대   *(신부의 음성을 가장하여)* 안녕하시지요, 토비 경? 펜과 잉크를 전
혀 본 적이 없다고 하는 프라하 Prague의 늙은 은둔자가 고보더
크 Gorboduc 왕의 조카딸에게 매우 재치 있는 경구(警句)를 말
해주었지요. '있는 것은 곧 있는 것이다' 라고 말이지요. 그렇다면
나도 신부니까 신부지요. 왜냐하면 '그것' 이란 곧 '그것' 이 아니

광대 : 이봐요, 이봐! 이 감옥에 평화가 깃들기를!

고 무엇이며 '있는 것' 이란 바로 '있는 것' 이 아니고 무엇이겠는 가 이 말이기 때문이지요.

토비	토우패스 경, 저 사람에게 가봅시다.
광 대	(커튼 곁으로 다가가면서) 이봐요, 이봐! 이 감옥에 평화가 깃들기를!
토비	저놈이 근사하군. 흉내를 참 잘 낸단 말이야.
맬볼리오	(방안에서) 거기서 나를 부르는 건 누구요?
광 대	난 신부인 토우패스 경인데, 미쳤다고 하는 맬볼리오를 방문하러 온 거요.
맬볼리오	토우패스 경, 토우패스 경, 아가씨에게 좀 가보세요.
광 대	과대망상증에 걸리게 한 미귀야, 닥처라! 이놈아, 어찌하여 저 사람을 이렇게 미치게 했느냐? 어찌하여 아가씨만 들먹거리느냐?
토비	신부님, 말씀 잘하셨어요.
맬볼리오	토우패스 경, 나를 미쳤다고 생각지 마세요. 저놈들이 억지로 나를 이 컴컴한 곳에 가두어 놓았다고요.

맬볼리오 : 저는 미치지 않았어요. _ 케니 메도우스 작

광대	닥쳐라, 이 파렴치한 사탄아! 그래도 나는 지극히 온당한 말로 너를 부르고 있는 거야. 상대가 비록 악마라 해도 나는 예의를 지켜서 대하려는 사람들 중의 한 사람이니까, 넌 그런 줄이나 알아라. 그래, 방안이 컴컴하단 말이냐?
맬볼리오	예, 토우패스 경, 마치 지옥 같아요.
광대	아니, 장벽 같이 투명한 들창들이 나 있고, 게다가 남쪽 북쪽에는 흑단처럼 빛나는 높은 창문들이 나 있는데, 그래도 햇빛이 안 든다고 불평이냐?
맬볼리오	토우패스 경, 저는 미치지 않았어요. 이 방은 정말 컴컴하다고요.
광대	미치광이야, 넌 잘못 알고 있어. 이 세상에는 무지 이외에는 어두운 것이 없는 법이야. 이집트 사람들이 안개에 싸인 것처럼 너는 무지 속에 있는 거라고.

맬볼리오	무지가 지옥만큼 컴컴할는지는 모르지만, 이 방 안은 무지만큼이나 컴컴하다고요. 그리고 이렇게 모욕을 당해 본 사람은 없다고요. 이치에 닿는 무슨 질문을 던져서라도 저를 시험해 보세요.
광대	야생의 날짐승에 관해서 피타고라스 Pythagoras가 한 말은 뭐냐?
맬볼리오	죽은 조모님의 영혼이 날짐승에 깃들여 있을지도 모른다고 했지요.
광대	그의 견해에 대해 넌 어떻게 생각하느냐?
맬볼리오	영혼은 고귀한 것이니까 저는 그의 견해에 찬성하기 어렵지요.
광대	그럼 잘 있어. 언제까지나 암흑 속에 머물러 있으란 말이야. 네 정신이 멀쩡하다고 내가 인정하려면 넌 피타고라스의 견해를 믿어야만 하거든. 저 바보 도요새마저도 죽여서는 안 되는 거야. 네 조모님을 죽이는 셈이 되니까. 그럼 잘 있어.
맬볼리오	토우패스 경! 토우패스 경!
토비	가장 훌륭하신 토우패스 경!
광대	아니, 나는 뭐든지 다 잘하거든. *(그는 가장을 벗는다.)*
마리아	수염이나 겉옷은 없어도 될 뻔했어. 저 사람은 널 전혀 보지 못하니까.
토비	이번에는 네 음성으로 해봐! 그리고 저놈이 한 짓을 나중에 나에게 알려 달라고. *(마리아에게)* 이 장난도 이런 정도로 끝냈으면 좋겠어. 적당히 저놈을 풀어주면 좋겠다고. 이 일 때문에 내 조카딸이 몹시 화를 내고 있으니까 이 장난을 끝까지 끌고 간다는 것도 좀 생각해볼 문제거든. 나중에 내 방으로 와라. *(토비 경과 마리아가 퇴장한다.)*
광대	*(노래 조로)*
	'이봐, 로빈, 유쾌한 로빈,

맬볼리오 : 토우패스 경! 토우패스 경!
_ H. 푸셀리 작

네 아가씨는 뭘 하고 있지?

맬볼리오　바보로구나!

광대　'아, 아가씨는 무정한 분이야.'

맬볼리오　바보야!

광대　'맙소사, 아가씨는 왜 그러실까?

맬볼리오　이봐, 바보!

광대　'아가씨는 다른 사람을 사랑하고 있어.' 아니, 누가 나를 부르나?

맬볼리오　이봐, 바보, 내 사랑을 받으려면 촛불과 펜과 잉크와 종이를 가져

	와라. 난 신사로서 맹세하지만, 네 은혜는 평생 잊지 않을 테야.
광대	맬볼리오 집사님인가요?
맬볼리오	그렇다니까, 이 바보야.
광대	아니, 원, 어떻게 하다가 그렇게 미쳤나요?
맬볼리오	바보야, 이렇게 심한 모욕을 당한 사람은 없어. 나로 말하자면, 바보야, 너와 똑같이 멀쩡해.
광대	나하고 똑같다고요? 그렇다면 당신은 진짜 미치광이로군요. 바보와 똑같다니까 말이에요.
맬볼리오	저놈들이 날 물건으로 취급해서 이런 컴컴한 곳에 처넣고는 신부님을 보내오지 않았겠어? 저 바보 자식들이 별의 별 무례한 짓을 다해서 나를 미친놈으로 만들고 있단 말이야.
광대	말을 조심하세요. 신부님이 여기 계시거든요. *(신부의 음성으로)* 맬볼리오, 맬볼리오, 신의 은총으로 너의 제 정신이 돌아오기를! 되도록이면 잠을 자도록 해요. 쓸데없이 지껄이지 말고.
맬볼리오	토우패스 경!
광대	*(신부의 음성으로)* 저 사람과 말하지 말아요. *(자기 음성으로)* 예, 저 말인가요? 예, 물론이지요. 용서하세요, 토우패스 경. *(토우패스의 음성으로)* 그럼 아멘. *(자기 음성으로)* 예, 그렇게 하겠어요.
맬볼리오	바보야, 바보야, 이봐, 바보야!
광대	아니, 원, 참으세요. 내가 당신과 말을 해서는 안 된다고 하는 소리도 못 들었나요?
맬볼리오	바보야, 제발 촛불과 종이를 좀 가져다줘. 나는 일리리어에서 그 누구보다 멀쩡한 사람이야.
광대	정말 그렇다면 좋겠군요!
맬볼리오	내 손에 걸고 맹세하지만 나는 제정신이라고. 바보야, 잉크와 종

이와 촛불을 좀 가져다줘. 그리고 내가 편지를 써줄 테니까 아가씨에게 전달해 줘. 다른 어떤 편지를 전달하는 것보다 넌 더 수지가 맞을 테니까.

광대 예, 그렇게 해드리지요. 하지만 사실대로 말씀해 보세요. 당신은 미치지 않았나요? 아니면, 미친 척하는 건가요?

맬볼리오 난 절대로 미치지 않았어. 정말이야.

광대 하지만 난 머릿속을 들여다보지 않고는 미치광이의 말을 함부로 믿을 수가 없어요. 그러나 촛불과 종이와 잉크는 가져다 드릴게요.

맬볼리오 바보야, 사례는 톡톡히 할 테니, 제발 부탁해.

광대 *(노래를 부른다.)*

　　　나는 가겠어요,

재빨리 가겠어요.

그리고 눈 깜빡할 사이에

당신에게 돌아오겠어요.

옛날 연극의 악역처럼

당신 일을 해드리겠어요.

악역은 목검을 휘두르며,

격분하여 펄펄 뛰면서, 아, 하!

악마에게 이렇게 고함치지요.

아비야, 미친놈처럼

발톱을 깎으라고 말이에요.

잘 있어요, 악마야. *(퇴장한다.)*

4막 3장

올리비아의 집.

🍇 *세배스티언이 등장한다.*

세배스티언 이건 공기, 저건 찬란한 태양이야. 그리고 이 진주는 저 여자에게서 받은 건데 촉감도 아주 좋고 내 눈에도 보여. 여우한테 홀린 기분이지만, 난 정신이 나가지는 않았어. 그런데 앤토니오는 어디

갔을까? 그는 코끼리 여관에도 없었어. 하지만 그곳에 있다가 나를 찾으려고 거리로 나갔다는 거야. 그분과 의논할 수만 있다면 나에게 무척 도움이 될 텐데 말이야. 내 영혼과 감각이 의논한 결과, 이건 어떤 착오인 것이 틀림없지만 미친 짓은 아니라고 하거든. 하지만 이런 뜻밖의 사건과 행운의 홍수는 여태껏 보지도 듣지도 못한 것이거든. 이건 아무래도 내 눈을 의심할 만도 해. 내가 나의 이성을 거역하여 미쳐 있는 게 아니라면 저 여자가 미친 게 틀림없다고 생각해두고 싶어. 그러나 만일 저 여자가 미쳤다면 어떻게 저렇게 조용히 침착하게 집안을 챙기고 하인들에게 명령하며 일을 처리할 수 있단 말인가? 이건 뭔가 잘못된 거야. 아, 저기 오는군.

올리비아 : 제가 이렇게 성급하게 군다고 해서
화내지는 마세요.
_ W. 해밀턴 작

🌸 *올리비아와 신부가 등장한다.*

올리비아 　제가 이렇게 성급하게 군다고 해서 화내지 마세요. 아까 당신이
한 말이 진심이라면, 저와 같이 신부님을 따라 지금 성당으로 가
요. 그리고 신부님 앞에서, 또한 저 신성한 지붕 밑에서 당신의 진
심을 맹세해 주세요. 저의 불안과 의심 많은 영혼이 편히 숨쉴 수
있도록 말이에요. 신부님은 당신이 그 맹세를 공표해도 좋다고 하
실 때까지 비밀에 부쳐줄 거예요. 그리고 그때가 되면 저의 신분
에 적합한 결혼식을 올리기로 하겠어요.

세배스티언 　나는 신부님을 따라 당신과 같이 가겠어요. 그리고 진실을 맹세하
고 나서 영원히 당신의 것이 되겠어요

올리비아 신부님, 그럼 길을 안내해 주세요. 하느님, 부디 제가 하는 일을 아름답게 비추어 내려다봐 주십시오! *(모두 퇴장한다.)*

올리비아의 집, 문 앞 광장.

🍀 광대와 페이비언이 등장한다.

페이비언	네가 나를 사랑한다면 그 편지를 좀 보여줘.
광대	페이비언, 제가 한 가지 부탁이 있어요.
페이비언	뭐든지 말해 봐.
광대	이 편지를 보려고 하지 말아 달라는 거지요.
페이비언	그런 말은 개를 드리겠는데 그 답례로 '다시 돌려주시오' 라고 하는 거나 마찬가지야.

🌸 *오시노 공작, 비올라, 큐리오, 기타 시종들이 등장한다.*

오시노 공작	이봐, 너희는 모두 올리비아 아가씨네 집 사람들인가?
광대	예, 그렇지요. 아가씨네 부속물이지요.
오시노 공작	난 널 잘 알고 있어. 요즘 형편은 어때?
광대	예, 원수들 덕분에 더 좋게 되고, 친구들 덕분에 더 나쁘게 되고 있지요.
오시노 공작	그 반대일 걸? 친구들 덕분에 더 좋게 되는 거야.
광대	천만에요. 더 나쁘게 되지요.
오시노 공작	어째서 그런데?
광대	글쎄, 친구들은 모두 저를 칭찬하고 저를 바보로 취급하지요. 그러나 원수들은 저를 명백히 바보라고 말해 주거든요. 그러니까 원수들 덕분에 저는 저 자신을 명확히 알게 되고, 친구들 덕분에 더 나쁘게 되지요. 따라서 키스처럼 결론은 네 개의 부정으로 두 개의 긍정이 생기는 셈이지요. 친구들 덕분에 더 나빠지고 원수들 덕분에 더 좋게 되는 거라고요.
오시노 공작	아니, 이건 제법 재미있군, 그래.
광대	뭐 그렇지도 않아요. 그런데 공작 전하께서는 어느 쪽이신가요?

	제 친구가 되시겠다는데 말이에요.
오시노 공작	난 친구가 되어도 널 더 나쁘게 하지는 않을 거야. 자, 돈을 받아라. *(돈을 준다.)*
광대	암거래의 염려만 없다면 전 한 닢 더 얻고 싶군요.
오시노 공작	아, 넌 나에게 몹쓸 일을 가르치고 있어.
광대	뭐, 이번만은 체면 같은 건 호주머니 속에 넣어 두시고 피와 살이 시키는 대로 하세요.
오시노 공작	그럼 암거래에 응하겠어. 자, 또 한 닢 받아라. *(돈을 준다.)*
광대	이런 일은, 하나, 둘, 셋! 하면 아주 근사하지요. 그리고 옛날 속담에도 있잖아요! 세 번째의 정직이면 다라고. 춤에는 삼박자가 제일이고, 성 베네트 Bennet 성당의 종소리도, 글쎄, 땡, 땡, 땡! 울린다고요.
오시노 공작	이번엔 내가 그런 수작에 안 넘어갈 거야. 그런데 내가 만나고 싶어 한다는 말을 네가 아가씨에게 전하고, 아가씨를 이리 모시고 나온다면 그때는 나도 다시 생각해 보겠어.
광대	그러면 제가 돌아올 때까지 그 생각은 잠시 잠 재워두세요. 다녀오겠어요. 그러나 말씀해 두지만 저는 욕심 사납게 무슨 짓이고 하는 바보는 아니라고요. 그러니까 모처럼 공작님이 분부하시니까 하는거라고요. 그러니 그 인심은 잠깐만 잠 재워 놓으세요. 제가 곧 깨우러 오겠어요. *(퇴장한다.)*
비올라	저를 구출해 준 분이 저기 오는군요.

❧ *앤토니오와 경찰들이 등장한다.*

오시노 공작	난 저 얼굴을 잘 기억하고 있어. 지난번 싸움터에서 만났을 때에

대장간의 신 불카누스 Vulcanus

는 마치 대장간의 신처럼 시커먼 얼굴이었지. 하찮은 배의 선장이
었어. 작고 보잘 것 없는 배를 몰고 와서 우리 정예 함대를 당당히
무찔렀지. 적이긴 해도 그 훌륭한 솜씨에 우리 편은 적의를 잊고,
그를 찬양했어. 그런데 어찌된 일이냐?

경찰 1   오시노 공작 전하, 이놈은 저 피닉스 Phoenix호, 그리고 크레타
Crete 섬으로부터 오는 화물선을 약탈한 앤토니오라고 해요. 그
리고 타이거 Tiger호에 쳐들어와서 전하의 조카 타이터스 Titus의
한쪽 다리를 잃게 한 것도 저놈이지요. 그런데 거리에 버젓이 나타
나 염치도 예의도 없이 사사로운 싸움을 하고 있는 걸 체포했지요.

비올라   저분이 저에게 친절을 베풀어 주고 저를 위해 싸워 주었어요. 하
지만 끝에 가서 이상한 말을 하잖았겠어요? 제정신이 아닌 사람
같았어요.

오시노 공작   악명 높은 이 해적 놈아! 해상의 난동자야! 불구대천의 원수의 손
　　　　　에 스스로 걸려들다니 넌 참으로 경솔하고 대담해!

앤토니오   오시노 공작 전하, 전하께서 주신 그 누명은 도로 가져가세요. 이
　　　　　래 뵈도 이 앤토니오는 여태껏 해적질을 한 적도 없고 난동을 부
　　　　　린 일도 없거든요. 그러나 오시노 공작의 적이라는 건 틀림없으니
　　　　　까 솔직히 인정하겠어요. 저는 어쩌다가 마귀에게 홀려 여기까지
　　　　　오고 말았지요. 당신 곁에 있는 소년은 뒤끓는 노도 속에서 제가
　　　　　구출해 준 사람이지요. 도저히 살아날 가망도 없었는데 제가 살려
　　　　　내고 애정을 다하여 오늘에 이르렀지요. 그를 위하여, 그리고 오
　　　　　직 그에 대한 애정 때문에 일신상의 위험도 무릅쓰고 이 적지에
　　　　　들어온 것인데, 그가 습격당하는 것을 보고 저는 칼을 빼들어 도
　　　　　와주었던 거지요. 그런데 내가 체포되는 걸 보고도 저 사람은 위
　　　　　험 속에 말려들고 싶지 않아서인지 뻔뻔스럽게도 저의 얼굴에 대
　　　　　고 저를 모른다고 우겨대고, 금세 쌀쌀한 표정을 지어 버렸지요.
　　　　　반시간 전에 제가 맡긴 돈지갑조차 모른다고 시치미를 떼었어요.
　　　　　그런 건 모른다는 거예요.

비올라   어떻게 그런 말을 할 수 있어요?

오시노 공작   당신은 언제 여기 왔소?

앤토니오   바로 오늘 왔지요. 우린 석 달 동안 단 하루도, 아니, 잠시도 서로
　　　　　떨어져 있어 본 적이 없지요. 낮이고 밤이고 같이 있었다고요.

　　　　🌸 올리비아와 시종이 등장한다.

오시노 공작   백작의 딸이 오는군. 지상을 걷는 선녀야. 그런데, 이봐, 네가 하는
　　　　　소리는 앞뒤가 맞지를 않아. 이 젊은이는 석 달 동안 줄곧 나에게

봉사해 왔거든. 하지만 이 일은 나중에 따지자. 이놈을 데리고 가라. *(경찰이 앤토니오를 끌고 나간다.)*

올리비아 공작 전하, 제가 바칠 수 없는 것만 빼고 뭐든지 저에게 하명하세요. 세자리오, 당신은 약속을 지키지 않는군요.

비올라 올리비아 아가씨!

오시노 공작 올리비아 아가씨.

올리비아 왜요, 세자리오? *(공작에게)* 잠깐만 기다려주세요.

비올라 제 주인께서 말씀하려고 하시니까 저는 가만히 있겠어요.

올리비아 늘 하시는 말씀이라면, 저는 더 이상 들어 볼 겨를이 없어요. 음악을 들은 뒤의 잡소리처럼 귀에 거슬릴 뿐이니까요.

오시노 공작 언제까지 그렇게 매정할거요?

올리비아 언제까지나 제 마음은 변치 않으니까요.

오시노 공작 뭐라고! 완고하고 박정한 마음이군요. 냉정한 아가씨, 나는 그처럼 무정하고 무자비한 제단에 일찍이 보지 못한 가장 진실한 기원을 바쳐 왔던 거요! 이제 나는 어찌해야 좋단 말인가?

올리비아 뭐든지 좋으실 대로 하시는 수밖에 없겠지요.

오시노 공작 그렇게 할 만한 용기가 있다면 나는 궁지에 몰린 이집트 강도처럼 사랑하는 사람을 죽이고 말았을 거요. 포악한 질투에도 가끔은 기품 있는 향기가 따르기 마련이지요. 하지만 내 말을 좀 들어봐요. 당신은 나의 진심을 무시해 버리고 있지만 당신의 애정 속에 내가 깃들어 있어야 할 지위로부터 내가 왜 축출 당했는지 그 원인을 나도 어느 정도는 알고 있지요. 당신은 그렇게 해서 언제까지나 싸늘한 대리석 같은 가슴을 지닌 폭군으로 살아가라고요. 당신이 사랑하는 이 젊은이는 당신만 사랑하는 게 아니라 나도 진심으로 사랑하고 있지요. 하지만 그건 다 지나간 일이지요. 나는 당신의 그 잔혹한 눈에서 이 젊은이를 빼앗아가겠단 말이오. 당신의 그 눈 속에서 이 젊은이가 사랑의 왕관을 차지하고 있다니 나는 참을 수 없거든요. 이봐, 젊은이, 가자. 내 마음속에는 잔악한 불길이 타오르고 있어. 내가 사랑하는 어린 양을 제물로 삼아 귀여운 비둘기의 외모 안에 도사린 까마귀의 마음을 괴롭혀 줘야겠거든. *(돌아선다.)*

비올라 *(공작을 따라가면서)* 저는 주인님의 마음을 편안하게 해 드릴 수 있는 일이라면 즐겁게 그리고 기꺼이 천 번이라도 죽겠어요.

올리비아 세자리오, 어디 가는 거예요?

비올라 저는 제가 사랑하는 분을 따라가겠어요. 저의 이 눈보다도, 목숨보다도, 그 무엇보다도 더 제가 사랑하는 분, 앞으로 아내를 맞는다 해도 그 아내보다 훨씬 더 사랑할 분, 그분을 따라가겠어요. 만일 제 마음에 거짓이 있다면, 하느님, 사랑을 더럽힌 벌로 제 목숨을 거두어 가십시오!

올리비아 어머나, 참으로 밉기도 해라! 내가 어쩌다 이렇게 속았단 말인가!

비올라 누가 당신을 속였어요? 누가 모욕했다는 거예요?

올리비아 자기가 한 짓을 잊으셨나요? 그게 그렇게도 오래 전의 일인가요? 누군가 가서 신부님을 모시고 와요. *(하인 한 명이 나간다.)*

오시노 공작 *(비올라에게)* 자, 가자!

올리비아 공작 전하, 가긴 어디로 간다는 거예요? 나의 남편인 세자리오, 가지 마세요.

오시노 공작 남편이라니!

올리비아 예, 남편이라고요. 저 사람에게 물어 보세요.

오시노 공작 네가 정말 저 여자의 남편이냐?

비올라 아니에요. 천만에 말씀이지요.

| 올리비아 | 어머나, 비겁해라! 당신은 지금 겁이 나니까 자기 자신을 눌러 죽여 버리는 거지요? 세자리오, 염려 마세요. 자기 자신의 행복을 취하세요. 자기 생각대로 행동하는 사람이 되세요. 그렇게 하시면 당신이 무서워하는 상대방과 똑같은 신분이 될 수 있거든요. |

🌸 *신부가 등장한다.*

올리비아	아, 마침 신부님이 잘 오셨어요! 부탁하지만, 신성한 신부님의 입으로 말씀해 주세요. 얼마 전에 적당한 시기가 될 때까지 비밀로 해달라고 부탁했지만, 그때까지 기다리고 있지 못할 사정이 생겨서 그래요. 저 젊은이와 저 사이에 있었던 일을 말씀해 주세요.
신부	영원히 변치 않는 사랑의 계약은 두 사람이 손을 마주잡아 굳건하게 되었고, 신성한 키스로 입증이 되었으며, 반지의 교환으로 요지부동한 것이 되었지요. 더구나 이 계약의 의식 일체는 내가 직책상 입회하여 확인했지요. 그때부터 지금까지 나의 시계가 헤아리는 바에 의하면, 나는 나의 무덤을 향해 걸어간 지 두 시간이 더 지나지 않았다고요.
오시노 공작	아, 이 요물 같으니! 너는 시간이 네 머리에 백발을 심어 줄 때에는 뭐가 될 거냐? 지금부터 벌써 그렇게 교활하다면 너 자신이 덫에 걸려들고 말 거야. 잘 가거라. 그리고 저 여자와 부부가 되어라. 하지만 앞으로는 너와 내가 마주칠 만한 곳에는 영영 나타나지 말아라.
비올라	공작 전하, 저는 결코 그렇지 않아요.
올리비아	아, 그만 두세요! 조금은 자존심을 가져 보시라고요. 뭘 그렇게 두려워하시는 거예요?

앤드루 에이규치크 경이 등장한다.

앤드루	야단났어요. 빨리 외과 의사를 불러와요! 토비 경에게 당장 사람을 보내라고요!
올리비아	무슨 일이에요?
앤드루	그놈이 내 머리를 부수었어요. 토비 경의 머리도 피투성이고 말이에요. 제발 좀 도와줘요! 이렇게 될 줄 알았더라면 난 차라리 사십 파운드를 내고라도 집에 그냥 머물러 있었을 거요!
올리비아	앤드루 경, 누가 그런 짓을 했어요?
앤드루	공작의 부하 세자리오라고 하는 놈이지요. 우린 그놈이 겁쟁이인 줄 알았는데 정말 악마 같은 놈이라고요.
오시노 공작	내 부하 세자리오 말인가?
앤드루	아이쿠, 그놈이 여기 있다니! 넌 왜 함부로 내 머리를 부순 거야? 내가 그런 짓을 한 건 토비 경이 시켜서 했을 뿐인데 말이야.
비올라	도대체 그게 무슨 얘기예요? 저는 당신에게 손도 대지 않았어요.

당신이 저에게 함부로 칼을 빼들지 않았나요? 그래도 저는 조용히 말로 대했지요. 제가 폭력을 쓴 기억은 없다고요.

앤드루 　 남의 머리를 피투성이로 만든 게 폭행이라면, 당신은 곧 폭행을 한 거다 이거요. 당신은 피투성이가 된 머리를 아무렇지도 않게 생각하는 모양이로군.

　　　　　　토비 벨취 경과 광대가 등장한다.

앤드루 　 저거 봐, 토비 경이 비틀비틀 오는군. 저 사람에게 자세히 들어 봐요. 저 사람이 취해 있지만 않았더라도 당신은 좀 더 혼이 났을 거요.

오시노 공작 　 아니, 이게 어찌된 일인가? 좀 어떤가?

토비 　 어찌된 일도 아니지요. 저는 다쳤을 뿐이지요. 그것뿐이라고요. *(광대에게)* 이봐, 주정뱅이! 딕크 Dick 의사선생을 만나 봤나, 주정뱅이야?

광대 　 아, 토비 경, 그분은 한 시간 전에 곤드레만드레가 되어 있었어요. 아침 여덟 시에 벌써 그분의 눈은 닫혀 있었다고요.

토비 　 그러면 그놈은 악당이야. 게다가 이 박자 느림뱅이 춤의 명수라고. 주정뱅이 악당은 난 질색이야.

올리비아 　 이분을 저리 데리고 가요! 누가 저런 상처를 입었나요?

앤드루 　 토비 경, 내가 도와주겠어. 우린 서로 붕대를 감아주자고.

토비 　 네가 날 도와준다고? 바보 자식, 못난 자식, 악당 놈아! 악당, 홀쭉이 낯짝의 악당, 미련퉁이 같으니!

올리비아 　 침실로 데리고 가서 상처를 돌봐주세요. *(광대, 페이비언, 토비, 앤드루가 퇴장한다.)*

패시 파반 Passy Pavan 춤을 추는 두 남녀 _ F. W. 페어홀트 작

세배스티언이 등장한다.

세배스티언 아가씨, 내가 당신 집안의 어른에게 상처를 입혀서 미안해요. 하지만 한 핏줄기의 형제가 상대방이었다 해도 나는 내 몸을 방어하기 위해 별 도리가 없었다고 생각하지요. 그렇게 묘한 표정을 짓는 걸 보니 화가 난 모양이군요. 하지만 조금 전에 우리가 한 맹세를 봐서라도 용서해줘요.

오시노 공작 얼굴도 하나, 음성도 하나, 복장도 하나, 그러나 사람은 둘이라니! 자연이 만든 요지경이야. 있을 수 없는 일이 지금 여기 있다니!

세배스티언 앤토니오, 아, 나의 앤토니오! 당신을 놓치고 난 이후 나는 마치 고문이라도 당하고 있는 기분이었다고요!

앤토니오 당신이 세배스티언인가요?

세배스티언	아니, 그걸 다 의심하는 건가요?
앤토니오	당신은 두 개의 몸이 된 거요? 사과를 둘로 갈라놓아도 이처럼 닮지는 못할 거요. 어느 쪽이 세배스티언인가요?
올리비아	참으로 신기한 일이에요!
세배스티언	내가 저기 서 있는 건가? 나에게는 남자 형제도 없고, 게다가 여기 있고 저기 있고 하는 신통력을 타고 나지도 않았는데 말이야. 누이동생이 하나 있기는 있었지. 하지만 가엾게도 바닷물에 빠져 죽어 버렸지. 아, 말해 봐요. 당신은 나와 어떤 관계가 있는 분인가요? 어느 나라의 누구요? 부모는 계신가요?
비올라	저는 메살린 Messaline 출신이고 아버지의 이름은 세배스티언이예요. 제 오빠의 이름도 세배스티언인데 당신과 똑같은 옷을 입은 채 바다 속 무덤에 묻혀 버렸지요. 만일 그분의 유령이 당신과 똑같은 모습과 똑같은 복장을 한 채 저를 놀라게 하려고 왔다면 당신이야 말로 그 유령이라고요.
세배스티언	사실 나는 유령이나 다름없어요. 하지만 지금 나는 어머니의 태내에서 받은 육신을 그대로 지니고 있지요. 만일 당신이 여자라면, 그 밖의 것은 하나도 의심할 여지가 없으니까, 나는 당신 볼을 나의 눈물로 적시면서 "익사한 줄로만 알았던 비올라, 잘 살아 있었구나!" 하고 외칠 거요.
비올라	우리 아버지는 이마에 점이 있었어요.
세배스티언	우리 아버지도 역시 그랬지요.
비올라	그리고 비올라가 태어난 지 십삼 년 만에 세상을 떠나셨어요.
세배스티언	아, 그 일은 나의 기억 속에 생생하게 기록돼 있다고요! 아버지가 세상을 하직하신 건 나의 누이동생이 열세 살 때였거든요.
비올라	만일 가장하기 위한 이 남자 복장 이외에는 아무것도 우리 두 사

람의 기쁨을 방해하지 못한다면, 이제 곧 장소와 시간과 운명 등 모든 것이 한결 같이 제가 비올라라고 하는 것을 판명할 때까지 기다렸다가 저를 안아 주세요. 그것을 증명하기 위해 저는 이 마을의 어느 선장에게 당신을 모시고 가겠어요. 거기에는 제가 입었던 처녀의 옷이 있어요. 그리고 그분의 알선으로 저는 공작 전하를 모시게 되었다고요. 그때부터 제가 해온 일은 아가씨와 공작 전하 사이의 심부름이 전부였어요.

세배스티언 *(올리비아에게)* 난 이제야 당신이 나를 잘못 본 이유를 알았어요. 하지만 이 일에 있어서 자연의 섭리는 결국 정당했어요. 당신은 하마터면 처녀와 약혼하실 뻔했군요. 그렇다고 해서 당신이 속은 건 절대로 아니라고요, 당신은 그 처녀와 다름없는 남자와 약혼했으니까요.

오시노 공작 *(올리비아에게)* 놀랄 건 없어요. 이 사람은 매우 훌륭한 가문의 남자거든요. 만일 이것이 진실이라면, 자연의 요지경은 진실을 비쳐서 보여준 셈이니까 나도 이 행복한 난파선의 무리에 한 몫 끼어야겠군요. *(비올라에게)* 그러고 보니 너는 나에게 수 천 번이나 이렇게 말했어. '너는 나를 사랑하는 것만큼 다른 어떠한 여자도 사랑하지 않는다'고 말이야.

비올라 저는 지금까지 한 모든 말을 다시금 맹세하겠어요. 그리고 우주가 밤과 낮을 구별해 주는 태양을 가지고 있듯이, 저는 이 모든 맹세를 제 영혼 속에 고스란히 간직하겠어요.

오시노 공작 네 손을 이리 내라. 여자의 옷차림을 한 너의 모습을 빨리 보고 싶구나.

비올라 저를 맨 처음 이 해안으로 데려온 선장이 저의 처녀 옷을 맡아가지고 있어요. 그분은 아가씨의 훌륭한 부하 맬볼리오의 고발 때문에 지금 어떤 사건으로 감옥에 갇혀 있다고요.

올리비아 맬볼리오는 그분을 곧 석방시킬 거예요. 누군가 가서 맬볼리오를
이리 불러와라. 아, 이제 생각이 나는군. 가엾게도 그 사람이 실성
해 있다는 소문이던데.

🎭 광대가 맬볼리오의 편지를 가지고 페이비언과 함께 다시 등장
한다.

올리비아 나는 내 일에 하도 정신이 없어서 그 사람의 일은 감쪽같이 잊고
있었어. 이봐, 그 사람은 어떻지?

광대 아가씨, 누구든지 미치면 다 그렇듯이 그 사람도 되도록 그 마귀
를 멀리하려고 애는 쓰고 있어요. 그런데 이 편지를 써주지 않았
겠어요? 저는 아가씨에게 오늘 아침 진작 전해 드렸어야 했지만,
미친 사람의 편지란 복음 성서는 못될 테니까 전해 드린다고 해도
별수 없을 것 같았거든요.

올리비아 개봉해서 읽어 봐라.

광대 그러면 잘 들어 보세요. 대단한 이득이 될 거예요. 바보가 미친 놈
편지를 읽으니까요. *(고함치듯이)* '아, 경애하는 아가씨'

올리비아 아니, 너도 미쳤냐?

광대 아니에요, 아가씨. 저는 미친놈의 편지를 읽고 있을 뿐이지요. 미
친놈의 편지니까 미친 것처럼 읽는 거라고요. 그러니까 이런 음성
을 양해해 주세요.

올리비아 좀 똑똑히 읽어 보란 말이야.

광대 예, 예, 아가씨. 그렇지만 미친놈의 편지니까, 똑똑하게 읽는다면
그렇게 읽을 수밖에는 없지요. 그러니까 아가씨, 경청해 주세요.

올리비아 : 저를 아내가 아니라 누이동생 같이 여겨주세요.

올리비아	*(페이비언에게)* 네가 읽어 봐라.
페이비언	*(읽는다.)* '아, 경애하는 아가씨, 당신은 저를 모욕하셨는데 이것은 온 세상에 알려질 거요. 또한 저를 암실에 가두고, 당신 친척인 주정뱅이가 저를 엄하게 감시하도록 하셨지만, 저의 분별의 건전함은 아가씨와 다름이 없지요. 제가 그러한 복장을 하도록 지시하신 당신의 편지를 제가 가지고 있거든요. 그것으로 제 입장은 변명이 될 수 있을 것이고, 그렇지 않다면 저는 아가씨를 모욕한 게 될 테지요. 저를 어떻게 생각하셔도 좋아요. 저는 하인의 의무를 떠난 채 제가 받은 치욕을 이렇게 호소하는 거라고요. 미치광이로 취급받는 맬볼리오 올림.'
올리비아	이건 그 사람이 쓴 거냐?
광대	예, 아가씨.

맬볼리오로 분장한 18세기 배우 예이츠 Richard Yates

오시노 공작	미친 것 같지는 않은 걸.
올리비아	페이비언, 그 사람을 풀어줘. 그리고 이리 데리고 와. *(페이비언이 퇴장한다.)* 공작 전하, 이번 일은 부디 잘 고려하셔서 저를 아내가 아니라 누이동생 같이 여기시고, 같은 날짜에 결혼식을 올리도록 해주시겠어요? 준비는 저의 집에서 전담해도 좋아요.
오시노 공작	아가씨, 나는 기꺼이 당신 제안대로 할 거요. *(비올라에게)* 너는 이제 내 하인이 아니야. 여자인데도 불구하고, 그리고 고이 자란 몸인데도 불구하고 네가 이처럼 오랫동안 나를 주인으로 섬겨 준 답례로 나는 이렇게 너에게 손을 내밀지. 오늘부터 너는 네 주인의 여주인이 되는 거라고.
올리비아	아, 당신은 나의 시누이가 되었어요!

🍀 *페이비언이 맬볼리오를 데리고 등장한다.*

오시노 공작	이 사람이 미쳤다는 그 사람인가?
올리비아	예, 바로 그래요. 어찌된 일이냐, 맬볼리오?
맬볼리오	아가씨, 저에게 너무 하셨어요. 정말 너무 하셨다고요.
올리비아	맬볼리오, 내가? 그런 일은 없어.
맬볼리오	아니에요. 아가씨는 저에게 너무 하셨다고요. 이 편지를 좀 읽어 보세요. *(편지를 꺼낸다.)* 아가씨는 이 편지의 필적을 설마 부인하진 못하실 테지요. 이것과 다른 필적이나 문장을 쓰실 수 있다면, 자, 써보세요. 또는 이 봉인이 다르다, 내가 한 일이 아니다, 이렇게 부인하실 수 있단 말인가요? 그걸 부정하실 수는 없지요. 그러면 그 일은 인정하신 걸로 치고, 명예에 걸고 대답해 주시기 바라겠어요. 아가씨는 왜 저에게 그처럼 사랑의 표시를 분명이 보여

페이비언 : 아가씨, 제가 한 말씀 드리지요. _ W. H. 로빈슨 작

주셨으며, 웃는 얼굴을 하라, 끈을 십자 형태로 매라, 노랑 양말을 신어라, 토비 경이나 하인들을 엄하게 대하라고 지시하셨지요? 저는 분부대로 실행했을 뿐인데, 왜 저를 암실에다 감금하고, 신부를 보내서 상상조차 못할 만큼 실컷 조롱하게 하셨지요? 그 이유를 듣고 싶다고요.

올리비아   어머, 맬볼리오! 이건 내가 쓴 게 아니야. 필적이 꼭 닮기는 닮았지만 틀림없이 마리아의 필적이라고. 이제 생각이 나는데 네가 미쳤다고 나에게 제일 처음 말해준 것도 마리아였어. 그때 마침 네가 싱글싱글 웃으면서 이 편지의 지시대로 차림을 하고 나타났지. 제발 참으라고. 장난이 너무 지나쳤어. 하지만 이 줄거리의 밑바닥이며 발안자를 알았으니까, 한 번 네가 이 사건의 고발자 겸 재판관이 되어 보라고.

페이비언   아가씨, 제가 한 말씀 드리지요. 아까부터 저도 이 경사스러운 날을 감격하고 있는데, 이런 날 싸움이나 언쟁으로 더럽혀져서야 되겠어요? 그런 일이 없도록 모조리 털어놓고 말씀드리겠어요. 이 맬볼리오에게 그와 같은 계략을 꾸민 건 딴 사람이 아니라 바로 저와 토비 경이었지요. 왜 그런 짓을 했는가 하면, 이분이 지나치게 완고하고 무례해서 참을 수가 없었거든요. 마리아가 그 편지를 쓰게 된 건 토비 경의 간청 때문이었는데, 그 보답으로 토비 경은 마리아와 결혼했다고요. 그 후 얼마나 심한 장난이 벌어졌는지 얘기를 들어보신다면, 보복은커녕 오히려 폭소가 터질 것 같군요. 공평히 비교해 보신다면 피해는 쌍방이 피장파장일 테니까요.

올리비아   아, 가련한 사람 같으니! 모든 사람이 달려들어 너를 조롱했다니!

광대   그거야 '어떤 사람들은 고귀한 신분으로 태어나고, 어떤 사람들은 고귀한 신분을 성취하고, 또 어떤 사람들은 고귀한 신분을 타인으로부터 얻게 마련이지요.' 라고 했거든요. 저도 이 막간극에 한 몫 끼어서 신부 토우패스 경의 역할을 맡았지요. 하지만 그런 건 상관없어요. '이 바보야, 난 정말 난 미치지 않았다니까.' 하지만 이걸 기억하세요? '아가씨, 어째서 저런 천박한 놈을 보고 웃으시는 건가요? 아가씨가 웃지 않는 한 저놈은 입을 열 기회를 갖지 못해요.' 이렇게 인과응보란 돌고 도는 수레바퀴라니까요.

맬볼리오   이놈들아, 두고 봐라. 너희 모두에게 복수해 줄 테니까. *(돌아서서 나간다.)*

올리비아   저 사람은 아주 심하게 모욕을 당한 모양이군.

오시노 공작   따라가서 달래는 게 좋을 것 같다. 그 사람에게 아직 그 선장의 이야기를 물어 보지 않았어. 그 일이 판명되고 길일이 정해지면 우리의 소중한 결혼식을 올리도록 합시다. 나의 누이여, 그때까지 우리는 이 집을 떠나지 않겠어. 세자리오, 자, 가자! 네가 남자복장을 하고 있는 동안은 내가 그렇게 부르겠어. 그러나 여자옷으로 갈아입으면 그때는 네가 오시노의 아내, 사랑의 여왕이 되는 거야. *(광대만 남고 모두 퇴장한다.)*

광대   *(노래를 부른다.)*

     그 옛날 내가 어린 시절에는,
     헤이, 호, 바람이 부나 비가 오나
     장난을 쳐도 아무렇지도 않았지.
     비가, 날이면 날마다 비가 왔으니까.

     그러나 내가 자라 어른이 되었을 때에는,
     헤이, 호, 바람이 부나 비가 오나
     깡패나 도둑에게 사람들은 문을 닫았지.

광대 : 비가, 날이면 날마다 비가 왔으니까. _ W. H. 로빈슨 작

비가, 날이면 날마다 비가 왔으니까.
그러나 내가, 맙소사, 아내를 얻었을 때에는,
헤이, 호, 바람이 부나 비가 오나
허풍으로는 내 배가 결코 안 불렀지.
비가, 날이면 날마다 비가 왔으니까.

그러나 내가 잠자리에 누웠을 때에는,
헤이, 호, 바람이 부나 비가 오나
나의 취기는 좀처럼 가시지를 않았지.
비가, 날이면 날마다 비가 왔으니까.

아득한 옛날에 천지는 개벽했는데,
헤이, 호, 바람이 부나 비가 오나
상관이 없지. 이제는 막이 내리고 우리는
날마다 여러분을 기쁘게 해주려고 애쓸 테니까.
(퇴장한다.)

셰익스피어 인물 소개

셰익스피어의 생애

우리가 알고 있는 셰익스피어의 생애는 그의
작품 세계와도 일치한다. 현실적 사고방식에 근거한 그의 천재적인 상상은 낭
만적인 환상보다 월등히 높은 차원을 날고 있다. 일리저베드 시대의 전기관(傳
記觀)으로 보든지, 또는 당시 극작가의 미천한 사회적 위치라는 점에서 보든
지, 셰익스피어는 비교적 놀라울 만큼 풍부한 전기의 자료를 남겨두고 있다.
첫째 교회나 관공서, 궁정 등에 남아 있는 기록, 둘째 동시대인들이 셰익스피
어에 대해서 언급한 기록, 셋째 지금까지 전해져 내려온 전설 등이다. 하지만
무엇보다도 그의 작품이 가장 주요한 자료가 될 것이다. 이것은 다른 작가들의
경우처럼 작품 안에 자서전적인 요소가 들어있다는 뜻이 아니라, 그의 작품 전
체를 일관하여 흐르고 있는 셰익스피어의 정신. 또는 그의 내면적인 상(像)을
작품에서 가장 잘 나타내고 있다는 뜻이다.

❧ 유년시대

윌리엄 셰익스피어는 1564년 4월 26일 스트래트퍼드 온에이븐 교회에서 세례를 받았다. 당시 세례에 얽힌 사항들로 미루어 볼 때 그의 탄생 날짜는 23일로 추측되고 있다. 그의 죽음 날짜 또한 공교롭게도 1616년 4월 23일이었다. 그의 아버지 존 셰익스피어는 다른 고장에서 이사를 와서 이 고장에서 잡화상, 푸주, 양모상 등을 경영하여 부유해졌다. 사회적 지위도 시의 재무관과 시장까지 지낸 바 있었다. 그의 아버지는 부(富)와 출세를 겸한 인물로, 슬하에 자녀를 여덟 명이나 두었다. 그 셋째가 윌리엄 셰익스피어이다. 그의 교육과정은 고장 그래머 스쿨을 채 끝마치지 못한 채 오학년 과정에서 중퇴했다고 추측하고 있다. 셰익스피어가 그래머 스쿨조차 모두 마치지 못한 이유는 집안 형편이 어려워 진 탓으로 본다. 시인 벤 존슨은 후일 셰익스피어를 가리켜 '라틴어를 겨우 조금 알고, 그리스어는 거의 모르는 사람'이라고 평한 바 있다. 그러나 셰익스피어는 문법학교에서 익힌 라틴어를 토대로, 라틴 고전들을 충분히 읽어낼 만큼 총명하고 민첩한 두뇌의 소유자였다.

셰익스피어의 아버지 존은 시장 시절에 서명(署名)을 클로버 잎으로 대신했다고 한다. 그것은 그가 무학(無學)이었던 탓이라고 보는 학자들도 있지만, 아무튼 그의 경력은 여러 가지로 드라마틱하다. 그의 가문의 쇠퇴는 당시 국내의 격동하는 정치 정세 때문일 것이라는 설이 있다. 존은 경건한 가톨릭 신자였다. 그러던 것이 헨리 8세가 성공회(聖公會)를 내세워 종교개혁을 하는 바람에 가톨릭교도는 타격을 받지 않을 수 없게 되었다. 아마 가정의 이러한 몰락에 자극받아 출세를 위해 셰익스피어는 런던으로 상경했을지도 모른다. 이러한 이유로 부모의 신앙과 관련하여 셰익스피어 개인의 신앙은 과연 가톨릭이었겠느냐, 신교이었겠느냐, 무신론자였겠느냐 하는 논쟁이 자연히 열을 띠게 되었다.

이 고장에는 대학에 진학한 자제들이며 대학 출신의 지식인들도 상당수 있었다. 셰익스피어는 문법학교를 중퇴하게 되자, 어느 변호사의 법률 사무소 서기로 취직했다고 보는 견해가 있다. 머리가 명석한 셰익스피어는 아마 이 서기 시절에 법률 서적을 맹렬히 읽었을 것이다. 예민한 관찰력과 정확한 판단력을 가지고 그는 인위적인 법률의 부조리를 간파했을는지도 모른다. 후일 그의 사극이나 비극에서 전개되는 권력 투쟁의 세계는 이미 이 무렵부터 어렴풋이 그의 뇌리에 어른거렸을는지도 모른다.《헨리 6세》제2부에서 재크 케이드 일당의 폭도들은 "법률가를 죽여 버려라!"고 외친다. 이 시골 도시의 장서를 가지고는 셰익스피어의 독서열은 도저히 충족될 수 없는 일이었겠지만, 그래도 그는《성서》, 홀린세드의《사기(史記)》,《오비드》등의 라틴 고전 문학에 접할 수 있었을 것이다. 셰익스피어는 한 번 읽은 것은 차곡차곡 뇌리에 축적해 두었다가 필요할 때는 누에가 실을 뽑아내듯이 독서에서 얻은 지식을 언제든지 재생해낼 수 있는 비상한 머리를 가진 사람이었다.

🌸 결혼생활

셰익스피어는 1582년 11월 28일 스트래트퍼드의 서쪽 약 1마일 지점에 있는 쇼터리 마을의 지체 있는 한 부농(富農)의 딸인 앤 해서웨이와 결혼했다. 그때 그는 열여덟 살, 신부는 여덟 살 위인 스물여섯이었다. 결혼한 지 5개월 후인 1583년 5월 23일에 큰딸 스잔나가 태어났고, 1585년 2월에는 쌍둥이가 태어났다. 장남 함네트와 둘째 딸 주디스다. 셰익스피어의 결혼생활에 대한 기록은 여기서 일단 중단되어 있다. 셰익스피어의 결혼에 대해서는 논쟁이 분분하지만 이들 부부의 결혼생활은 부자연스럽기보다도 자연스러운 듯싶다. 대개 젊은 청년이 연상의 여성을 사랑할 때 불행으로 끝나게 마련이지만 이 결혼은 성취되었다. 로미오와 줄리엣의 경우처럼 풋내기 젊은 남녀의 불꽃이나 유성같이 눈 깜박할 사이에 사라져 버리고 마는 사랑이 오히려 부자연스러운지도 모른다. 로미오와 줄리엣의 사랑은 셰익스피어와 앤과의 현실적인 사랑의 역설인지도 모른다. 대개 남성은 그 심층 심리에 모성에 대한 영원한 동경을 간직하고 있다고 한다. 햄릿의 경우가 아마 그러하다 하겠다. 예술적인 천재를 지닌 셰익스피어는 이 본능에 있어서 또한 남달리 강렬했음을 보여 주고 있다. 셰익스피어의 결혼생활이 불행했으리라고 논증하는 학자들이 더러 있지만, 반드시 그렇지만은 않았을 것이다.

그후 1592년, 당시의 대(大)극작가 로버트 그린이 한 푼 없이 비참하게 여인숙에서 죽어 가면서 동료에게 보낸 서한에 다음과 같은 구절이 있다. '우리의 깃으로 단장을 한 한 마리의 까마귀 새끼가 벼락출세를 해가지고, 당신네들 누구에 못지않게 무운시(無韻詩)를 잘할 수 있다고 망상하고 있다. 그뿐 아니라 그자는 온통 자기만이 천하를 셰익 신(振動 shake-scene)케 하고 있는 듯 몽상하고 있다.' 이 구절 중 천하를 진동시킨다는 뜻으로 쓰여진 셰익 신은 셰익스피어의 이름자와 관련된 풍자인 것으로 해석되고 있다. 이 글은 갑자기 런던에 혜성같이 나타나서 연극계를 주름잡기 시작한 초기 셰익스피어의 모습이 엿보이지만, 그는 이렇듯 런던에서 비우호적으로 받아들여졌던 것이다.

그러면 고향에서 기록이 중단된 후, 그린의 이 서한이 나오기까지 약 7년간 그는 대체 어디서 무엇을 했을까? 여기서는 각가지 전설적인 얘기며 추측 등이 전해져 내려오고 있다. 스트래트퍼드의 귀족 루시 경의 숲에서 밀렵(密獵)한 죄로 벌을 받자 셰익스피어는 루시 경을 풍자하는 시구의 방(榜)을 내 붙였다가 끝내는 고향에 있지 못하게 되었다든가, 잠시 이웃 마을의 어느 귀족의 집에서 가정교사를 했을 것이라든가, 이 고장에 찾아온 순회공연 극단을 따라 런던으로 상경했으리라든가….

런던의 연극계에 발을 들여 놓은 셰익스피어는 직책의 선택 여부가 있을 수 없었다. 그는 우선 〈레스터 백작 소속 극단〉에 취직하여 처음에는 관객이 타고 온 말을 보관하는 말지기 역할을 맡아 보았다. 《맥베드》에서 밤중 문지기의 훌륭한 대사는 이 시절의 생생한 체험이었는지도 모른다. 그러나 이 무렵 그는 직책은 비록 말지기였으나 극단의 일원으로 가끔 극에 관여할 기회가 있었다. 그는 그런 기회를 잘 이용하여 재능을 인정받아 배우로 등용되었다. 그러나 배우로서의 셰익스피어는 그리 뛰어나지 못했던 것 같다. 후일에도 《햄릿》의 유령 역이나 《뜻대로 하세요》의 애덤 노인 역 등 단역으로 출연했다고 전해진다.

셰익스피어는 극단 전속 작가가 되었다. 당시 극단 전속 작가란 대개 타인의 인기 있는 작품을 개작이나 하는 직책이었다. 일종의 표절이었다. 그러나 당시에는 표절판이 가능할 정도로 판권이 보장되어 있지 않았기 때문에, 타인의 작품을 아무런 구애도 없이 어떠한 형태로든지 개작할 수 있었다.

런던에 상경한 셰익스피어는 〈레스터 백작 소속 극단〉에 발을 들여놓은 후로 이윽고 〈스트레인지 남작 소속 극단〉, 〈궁내 대신 소속 극단〉, 〈국왕 소속 극단〉 등의 일원으로 '극장(劇場 The Theatre)'에서 활동하게 된다. 극장은 런던 시 외곽 북쪽 변두리에 1576년에 세워진 건물이다. 셰익스피어가 소속한 극단은 1599년부터 런던 시의 남쪽 템즈강 건너에 세워진 〈글로브 극장〉에서 활동하게 된다.

그린의 비우호적인 1592년의 기록과는 달리, 1598년 프랜시스 미어즈라는 젊은 학자는 《지식의 보고(寶庫)》라는 책자에서 셰익스피어의 몇몇 극을 관람한 사실을 들어 격찬을 아끼지 않고 있다. 그가 관람했다는 극 중에는 다음 작품들이 열거되어 있다. 《베로나의 두 신사》, 《착오 희극》, 《사랑의 헛수고》, 《사랑의 수고 보람(이것은 셰익스피어의 어느 극을 두고 말한 것인지 알 수 없다)》, 《한

여름 밤의 꿈》,《베니스의 상인》,《리처드 2세》,《리처드 3세》,《헨리 4세》,
《존 왕》,《타이터스 앤드로니커스》,《로미오와 줄리엣》 등. 이 기록으로 보아
셰익스피어는 초기에 이미 사극, 희극, 비극에 모조리 손을 댄 것이 된다.

그가 최초로 제작한 사극《헨리 6세》제 1, 2, 3부(1590~1592)와《리처드 3세》
(1592~1593), 이 네 편의 사극은 하나의 체계를 이루고, 왕권을 에워싼 귀족들
의 갈등에 의한 질서와 무질서의 대립이 빚어내는 국가의 혼란과 불안, 권불십
년(權不十年), 인과응보 등의 외적인 양상이 추구되고 있다. 이 시기의 단 한
편의 비극인《타이터스 앤드로니커스》(1593~1594)는 당시 유행이던 유혈 복수
의 비극에 있어서도 토머스 키드와 같은 선배 극작가의 '스페인 비극'을 능가
하고 있음을 실증해 주고 있다.

이 습작기에 셰익스피어는 희극에 있어서도 솜씨를 발휘하기 시작했다.《착
오 희극》(1592~1593)을 비롯하여《말괄량이 길들이기》(1593~1594),《베로
나의 두 신사》(1594~1595),《사랑의 헛수고》(1594~1595) 등이 그것들이다.
이 초기 희극들은 현실 세계와 낭만 세계를 차례로 전개시켜 본 희극들이다.
이 두 개의 세계는 교체성장(交替成長)하여 다음 시기의《한여름 밤의 꿈》
(1595~1596)을 계기로 완전히 융합되어, 제 2기의 로맨틱 코미디(浪漫喜劇)라
는 새로운 희극이 탄생하게 된다.

이 무렵 또한 그는 장편의 이야기 시《비너스와 아도니스》(1593년 출판)와
《루크리스의 능욕》(1594년 출판)을 이미 친밀히 교제하게 된 유력한 귀족 청
년 사우샘프턴 백작에게 바친 바 있다. 그의《소네프 집(集)》또한 이 무렵에
쓰여 진 듯하다. 그의 습작기는 동갑인 말로 Marlowe의 영향을 받았다. 그러
나 그의 희극들의 탄생으로 그는 이미 말로의 영역을 초월하게 되었다. 만인
(萬人)의 마음을 가진 셰익스피어는 고귀한 정신의 상승과 몰락의 묘사에 그치
지 않았으며, 컴컴한 고독이나 비극만을 추구하지도 않았다. 그는 인생의 즐거
운 면에도 주목했다. 초기의 희극들은 벌써 인생의 밝은 면, 즐거운 면에 눈길

을 돌린 증거이다.

셰익스피어의 습작기가 끝날 무렵에 그의 선배 작가이자 경쟁 작가들인 '대학재파(大學才派)'의 극작가들은 그린(1592년)이나 키드(1594년) 같이 빈곤속에 비참하게 세상을 떠나거나 또는 말로(1593년) 같이 정치 음모로 암살되는 등, 그 밖의 대학재파들도 모두 비참하게 연극계를 떠나게 되었다. 오늘 날 문학사에 남은 대학재파들은 7~8명밖에 안되지만, 당시 실제 활동한 대학재파들은 20명 전후가 되지 않았나 싶다. 그들은 모두 셰익스피어에게 호의를 갖지 않은 경쟁 작가들이다. 그것은 셰익스피어가 굉장히 많은 수나 양을 나타내는 것의 이미지로 20(Twenty)을 사용하고 있는데, 이 20이란 숫자의 이미지는 그의 전 작품을 통해 150회나 사용되고 있다. 이와 같은 이미지는 그의 20명의 경쟁 작가가 무한히 많은 숫자로 여겨진 데서 온 것인지도 모른다.

🎭 발전기

셰익스피어는 제 2기에 접어들면서 그의 집념이었던 비극을 시도하였다. 그의 최대 관심인 사랑을 주제로 한《로미오와 줄리엣》(1594~1595)이 그것이다. 그러나 이 극은 아직 그의 역량을 가지고는 성격 창조에까지 미치지는 못하고 그 아름다운 서정성에도 불구하고 한낱 운명 비극으로 그친다. 그의 이 시기는 사극의 체계가 매듭지어지고, 로맨틱 코미디가 완성된 시기이기도 하다.

이와 같은 보람찬 작품 제작과 더불어 그의 주변 또한 활발한 양상을 보여 준다. 기록에 의하면, 당시 런던에서는 매년 되풀이되다시피 여름철에는 전염병이 창궐했다고 한다. 당시 런던은 인구 20만 내외의 도시였는데, 그런 전염병이 한 번 휩쓰는 날이면 인구의 십 분의 일이 죽어 없어질 정도로 전염병은 위세를 떨쳤다고 한다. 전염병이 창궐하면, 그렇잖아도 우범지대로 여겨지던 극장이었으니까, 극장은 폐쇄되고 극단은 지방 순회공연에 나섰다. 우리는《햄 릿》에서 그런 지방 순회 극단의 경우를 볼 수 있다. 셰익스피어가 소속한 극단 은 비교적 큰 극단이었기 때문에 전속 극작가인 셰익스피어는 지방 순회에 동 행하지 않고 전염병을 피하여 고향에 돌아가 있었으리라고 생각된다.

셰익스피어가 발전기인 제 2기에 사극의 체계를 매듭짓고 낭만 희극을 완성 했음은 앞에서 밝힌 바와 같다.《리처드 2세》(1595~1596),《헨리 4세》제 1, 2 부(1597~1598),《헨리 5세》(1598~1599), 이 네 편의 사극은 셰익스피어의 이른 바 제 2군(群)의 사극으로 제 1군의 사극과 마찬가지로 질서와 무질서의 대결 이 전개된다. 제 1군의 사극에서 벌어지는 장미 전쟁의 치욕적인 역사의 원인 으로 파악되고 있다.

군왕의 자질이 결여된 리처드 2세는 권모 술수가이자 기회주의자인 그의 사 촌 헨리 볼링블루크에 의해 왕위를 찬탈 당한다. 헨리 볼링브루크는 왕위를 찬 탈하여 헨리 4세가 된다. 헨리 4세는 왕위를 불법적으로 탈권한 죄의식에 일생 을 두고 정신적으로 시달림을 받으며 내란은 끊이지 않는다. 그의 아들 헨리 5 세는 내란을 수습하고 프랑스로 출정하여 애진코트의 대승리로 국위를 선양한 다. 그러나 그는 요절하고 만다. 그의 아들 헨리 6세가 기저귀를 찬 갓난아이로 등극한다. 헨리 6세 시대에 장미 전쟁이 벌어져서 국가는 아비규환의 수라장 으로 변하고 삼십여 년간 국민은 지옥의 고통에 시달린다.

이와 같은 혼란과 혼돈은 제 2군의 사극에서 헨리 4세가 리처드 2세의 정당 한 왕권을 불법적으로 찬탈한 데에 기인한 것이라는 인과응보의 인식인 것이 다. 제 1군의 사극과 제 2군의 사극을 통하여, 셰익스피어는 무질서의 이면에 영원한 질서와 평화의 존재를 깊이 인식하고 있는 것이다. 우리는 셰익스피어 를 르네상스적 낭만 정신의 기수로 알고 있다. 그러나 한편 그는 그의 사극에서 보여 주고 있다시피 중세기의 전통적인 질서 개념을 그의 정신 밑바닥에 가지 고 있었다. 이것 역시 그의 이중 영상, 이원성이라고 하겠다. 이 시기의《존 왕》

(1596)은 8편의 사극과 커다란 질서 체계와는 무관한 고립된 사극이다.

이 시기에 꿈의 세계와 현실을 비로소 완전히 융합시킨 낭만 희극들이 쏟아져 나오게 되는데, 그 첫 낭만 희극《한 여름 밤의 꿈》은 어떤 귀족의 결혼 축하연을 위해 제작된 것이 분명하다. 셰익스피어의 극이 그의 소속 극단에 의해 일리저베드 여왕이나 제임즈 1세 어전에서 상연되었다는 기록들이 더러 있다. 셰익스피어의 극에는 여왕을 찬양한 구절들이 여기저기 나타나 있고,《맥베드》와 같은 극은 제임즈 1세를 위해 쓰여진 것으로 보이고 있다.

다음의 낭만 희극《베니스의 상인》(1596~1597)은 그의 극중에서 가장 유명한 극의 하나로, 그 이유는 아마 여기에 등장하는 유대인 고리대금업자 샤일록의 성격 창조 때문일 것이다. 동기야 어떻든 결과적으로 샤일록은 비극적인 인물이 되고 말았다. 낭만 희극을 불구(不具)로 하고 만 셈이다. 그러니 이 극은 비록 유명하긴 하지만 좌절된 낭만 희극이라고 할 수 있다. 재판 장면에서 포서의 자비론(慈悲論) 또한 유명한 대사이긴 하지만, 이것 역시 그리스도교의 위선의 냄새를 풍기고 있다.

《헛소동》(1598~1599)은 낭만극 치고는 당치도 않게 음모, 간계를 주제로 한 극이다. 그 음모는 비극《오델로》와 같은 성질의 것이다. 그러나 이 극이 비극으로 결말지어지지 않고 행복한 끝을 맺게 되는 것은 아직 작가에 있어 내면적인 폭풍이 휘몰아쳐 오지 않고, 이성과 상식의 정신이 작가의 마음을 지배하고 있는 탓이라 하겠다.《뜻대로 하세요》(1599~1600)는 목가적인 전원극이다. 그러한 그 목가의 이면에는 골육상잔(骨肉相殘)이 도사리고 있다.《십이야》(1599~1600)는 정묘한 낭만 희극이면서도 거기에는 청교도와 당국에 대한 사정없는 풍자가 담겨져 있다. 이렇듯 이상의 모든 낭만 희극들이 즐겁고 명랑한 외관의 밑바닥에 모두가 비극적인 문제점을 안고 있다.

이와 같이 셰익스피어는 즐거움 속에서도 슬픔을 잊지 않았으며, 감미로운 사랑을 맹세할 때도 시간의 잔인한 낫이 그 사랑을 내리치는 소리를 귓전에 아니 들을 수 없었던 것이다. 그의 이중 영상은 점점 심오해져 간다. 특히 현상과 실재 사이의 파행(跛行)의 인식은 더욱 심각해져 간다. 그의 통찰과 인식이 깊어지고 표현 기술이 능숙해지자, 그는 본격적으로 비극의 문제와 씨름을 시작했다. 비극기에 접어들 무렵에 낭만 희극과는 다소 이질적인《윈저의 명랑한 아낙네들》(1600~1601)이 나왔다. 《헨리 4세》극에서 활약한 바 있는 근대적 인물 폴스태프의 희극성에 감명을 받은 일리저베드 여왕이 폴스태프가 사랑을 하는 희극을 보여 달라는 요청을 하자, 그 요청에 의해 이 극이 집필되었다고 전해진다. 그러나 이 극에서의 폴스태프는 이미 전날의 생기를 잃고 있다.

🌸 위대성의 개화

셰익스피어의 비극기(悲劇期)는《줄리어스 시저》(1599)를 가지고 막이 열린다. 고매한 이상을 가진 브루터스는 로마의 독재화를 막기 위해 시저를 쓰러뜨린다. 그러나 냉혹한 정치 세계에서 이상주의는 현실에 패배할 수밖에 없다. 셰익스피어가 비극을 쓰게 된 내적인 동기는 앞에서 언급했지만, 그 동기를 외적으로 추구하는 학자들이 있다.

그것은 에섹스 백작의 실각 사건(1601)이다. 당시 에섹스 백작은 일리저베드 여왕의 궁정에서 정신(廷臣)의 정화(精華)이자 권력의 상징이었다. 그는 또한 여왕의 사촌뻘로 한때는 여왕의 가장 두터운 총애를 받았고, 여왕의 배필 후보자로까지 지목되던 인물이다. 또한 셰익스피어의 후원자 사우샘프턴 백작과는 친밀한 사이였다. 에섹스 백작은 아일랜드 반란군 진압 사령관으로서의 임무를 다하지 못한 책임에다, 여왕의 시녀와 벌인 연애 사건으로 여왕의 노여움을 사게 되었다. 에섹스 백작은 평소 자신을 리처드 2세를 타도한 헨리 볼링브루크에 비교하고 있었다. 그는 쿠데타를 결심하고, 거사 전날 밤 셰익스피어의 극단으로 하여금《리처드 2세》를 〈글로브 극장〉에서 상연케 하였다. 그리고 그 이튿날 그는 부하 일당을 거느리고 런던 시내로 몰려 들어가며 시민들의 호응을 기대했다. 그러나 시민들은 아무런 반응이 없었고 그의 거사는 실패로 돌아갔다. 그로 인해 그는 사형을 선고받았다. 여기에는 그의 강력한 정적(政敵) 로버트 세실의 작용도 있었다. 에섹스 백작은 이제 형장의 이슬로 사라지고, 그의 친한 친구이자 셰익스피어의 후원자인 사우샘프턴 백작도 실각하게 된다.

거사 전날 밤《리처드 2세》를 〈글로브 극장〉에서 상연한 일로 해서 셰익스피어의 극단도 당국으로부터 문책을 받게 되었으나, 별 탈은 없었다. 천하를 주름잡던 세도가가 갑자기 실각하고 만 것이 셰익스피어에게는 과연 어떻게 비쳤을까? 더구나 실각의 주인공은 그의 친지였으니 말이다. 에섹스 백작의 모반 사건은 1601년 셰익스피어가 서른일곱 살 때의 일이었다. 당시 크고 작은 쿠데타 사건은 끊임없이 일어났다. 유대인 의사 로페즈의 여왕 암살 음모 사건은《베니스의 상인》샤일록에 암시되어 있고, 의사당 폭파 사건은《맥베스》의 문지기의 대사에서 언급되고 있다. 이와 같이 셰익스피어의 작품에는 당시 시사적인 사건이며, 관습적인 일 등이 여러 곳에서 언급되고 있다.

오늘 날 역사적 비평은 그런 문제들을 샅샅이 해명하고 있다. 일리저베드 여왕은 국민과 일치할 수 있는 위대한 영도자였으며 이 시대에 영국이 비약적인 발전을 한 것은 사실이지만, 당시 종교 문제, 대외 문제, 여왕 후계자 문제 등 전진을 위한 진통이 필연적인 현상으로 크고 작은 반역 사건이 잇달아 일어났다. 따라서 확고한 안정이 요청되었으므로 여왕은 정권을 유지하기 위해 에섹스 백작의 경우와 마찬가지로 무자비한 숙청을 하지 않을 수 없었다. 당시 역적의 죄목 아래 교수대의 제물이 된 고관대작들은 부지기수였다. 맥베스가 덩컨 왕을 암살하고 나오는 장면에서 피가 낭자한 자기 손을 보고 '이 망나니의 손'이라고 한 구절이 있다. 당시 사형 집행관은 교수대에서 죄수를 처형하고 나면 곧 시체의 배를 단도로 갈라 내장을 사방에 뿌리는 관습이 있었다. 어떤 사형집행관은 그 솜씨가 어떻게나 익숙했던지 사형 직후 시체에서 염통을 도려냈을 때 그 염통이 그대로 고동치고 있었다고 한다. 사형 집행관들의 솜씨가 이 경지에 도달할 만큼 역적의 처형이 잦았던 것이다. 그리고 역적의 머리는 런던 탑 위에 내걸려졌다. 셰익스피어는 이들의 죽음에 심적인 타격을 입은 바 있다. 그래서 이들의 죽음과 엑섹스 백작의 실각 등을 그의 비극기의 외적 동기로 보는 학자들이 있다.

그의 비극기에는 세 편의 희극《트로일러스와 크레시더》,《끝이 좋으면 다 좋다》,《이척 보척》 등이 있다. 이 희극들은 초기 희극, 제 2기의 낭만 희극들과는 전혀 다른 어두운 희극들이다. 학자들은 근래에 이 희극을 '문제극' 이라고 이름을 붙였다.《트로일러스와 크레시더》(1601~1602)는 배신과 혼란이 주제가 된다. 문제는 미해결의 장(章)으로 남을 뿐 아니라 뒷맛이 씁쓸하고 개운치 않은, 이름만의 희극이다. 또한 이 극은 당시 영국의 신구(新舊) 두 사상이 소용돌이치던 세태의 일면을 보여 준다.《끝이 좋으면 다 좋다》(1602~1603)는 그 제목이 말하는 바와 같이 끝만이 해피엔딩으로 끝나는 역시 씁쓸한 희극이다. 사랑을 위해 간계의 수단이 이용되는 희극이다.《이척 보척》(1604~1605)은 부패와 위선의 악취가 코를 찌르는 희극이다. 이 세 편의 희극들은 모두 비극의 비전에서 쓰인 것이며, 작가가 다만 끝맺음만을 희극으로 맺은 것이다.

셰익스피어의 대비극에는 왕후 귀족 등 위대한 인물들이 등장한다. 그리고 그 비극은 주인공들의 성격 결함에 의한 내적 갈등이 보다 큰 비중을 차지한다. 이들 성격 비극은《로미오와 줄리엣》이나 '그리스 비극' 등의 운명 비극과는 차원이 다른 것이다. 게다가 그 주제는 제왕의 이미지를 요란스럽게 울려댄다. 거기에는 국가 사회 질서의 파괴와 그 회복이라는 거대한 전제가 있기 마련이다. 실체와 외관은 깊이 통찰되고 이중 영상은 심오하리만큼 입체적, 동적이다.

《햄릿》(1600~1601)은 너무나도 유명한 극이다. 이 극의 주인공은 앞서 논한 엑섹스 백작과도 일맥상통하는 점을 가지고 있다. 이 극에서도 인간 본질의 이원성이 여실히 파헤쳐지고 있다. 이성과 감정, 망상과 행동, 천사와 악마, 판단력과 피의 복수 등 작가의 이중 영상이 다각도로 표현된 작품이다. 《오델로》(1604)는 대비극들 중에서도 그 배경 설정이 특이한 극이다. 주인공들의 운명과 국가 사회의 운명과는 무관하다. 가정 비극으로 신의와 질투와 음모를 주제로 한 비극이다. 《리어 왕》(1605)은 망은, 배신, 분노 등을 주제로 한 엄청나게 거대한 비극이다. 《맥베드》(1606)는 시역자(弑逆者), 악인이 겪는 심적 고통을 그린 악몽의 비극이다. 같은 악인이라도 리처드 3세는 맥베드와 같은 심적 고통은 겪지 않고 악을 실컷 발휘한 후, 그저 절망 속에 죽을 뿐이다. 맥베드 또한 절망 속에 죽는다. 다른 비극의 주인공들이 영혼의 구원을 받고 죽는데 반해 맥베드는 절망 속에 죽는다. 이보다 비참한 비극은 없을 것이다.

《엔토니와 클레오파트라》(1606~1607)와 《코리올레이너스》(1607)는 《줄리어스 시저》와 더불어 로마사에 의거한 사극들이다. 《엔토니와 클레오파트라》는 거의 우주적인 규모의 초월적인 인간주의가 전개되는 대비극이다. 《코리올레이너스》는 취약한 또는 위선적인 애국심을 바탕으로 한 거인의 비극에다 군중의 가공할 힘을 엿보여 주고 있다. 《아테네의 타이먼》(1607~1608)은 '리어 왕'과 쌍둥이로 그 사산아로 보여질 만큼 주인공의 인간 혐오와 반응의 주제는 자못 시니컬하다.

1607년 6월 5일 셰익스피어는 고향에 돌아왔다. 장녀 스잔나는 유능한 의사 존 홀과 결혼했다. 1608년 2월 7일에는 외손녀 일리저베드의 탄생을 보았다. 이 무렵 영국의 극장은 종래의 노천극장보다 옥내 소극장으로 그 취향이 변해 갔다. 셰익스피어 극단은 이미 오래전부터 블랙프라이어즈 옥내 소극장에서 겨울철이나, 야간이나, 우천에도 귀족 등 소수의 상류 계급 관객들을 상대로 공연을 하고 있었다.

🍂 만년

　셰익스피어가 만년에 정착한 곳은 로맨스였다. 낭만극은 이 무렵의 조류이기도 했다. 그의 낭만극은 모두 다 음모, 배신에 의한 혈육의 이산(離散)으로부터 재회와 상봉, 그리고 관용과 화해를 주제로 한 것이었다. 《페리클리즈》(1608~1609), 《심벨린》(1609~1610), 《겨울 이야기》(1610~1611) 등은 모두 혈육의 상봉과 관용의 극들이다. 마지막 로맨스 《태풍》(1611~1612)의 주인공이 마의 지팡이를 바닷속에 버리고 귀향하는 모습은 극작의 영필을 버리고 귀향하는 작가 자신을 연상케 한다. 비극으로부터 낭만극으로의 변천을 두고 셰익스피어 자신이 신교로 귀의했다고 논하는 상징주의적 해석도 있다. 이제 비극 시대와 같은 고뇌와 부조리는 가셔지고 신에게 귀의한 종교적 신앙의 은총이 유난히 돋보이게 된다. 마지막의 또 한편의 고립된 사극 《헨리 8세》(1612~1613)는 합작설이 유력하다.

　셰익스피어는 젊어서부터 건실하고 실리적인 경제관념을 가지고 있었다. 그의 생활 태도에는 절도가 있었으며, 성품은 온화하고 언행이 일치했으며, 은퇴

할 무렵에는 고향에서 생활이 윤택했으며, 은퇴한 후에도 가끔 런던을 방문한 듯하다. 그의 은퇴 후, 벤 존슨이 영국 최초의 계관시인이 된 것을 축하하며 몇몇 친구들과 스트래트퍼드에서 만나서 주연을 가진 후 셰익스피어는 발병하여 52세에 사망하였다. 그의 기일은 1616년 4월 23일이다. 유해는 고향의 홀리 트리니티 교회 가장 안쪽에 가족들의 유해와 함께 잠들어 있다.

셰익스피어는 실존 인물인가?

　　셰익스피어의 전기 기록은 당시 문인의 사회적 지위로 비추어 볼 때 놀라울 만큼 풍부한 셈이다. 정통파 학설은 스트래트퍼드 출신의 극작가 셰익스피어를 믿어 의심치 않지만, 일부 저널리즘 계통으로부터 심심찮게 그의 생애에 관해 이설이 제시되고 있다. 독자들의 오해를 풀기 위해 이설의 정체를 간단히 소개해 두겠다.

　　그 하나는 1759년 어떤 광대극의 다음과 같은 대사에서 비롯된다. '셰익스피어의 저자는 벤 존슨이다.', '아니다, 그것은 피니스(Finis)이다. 그의 전집 맨 끝에 그렇게 적혀 있지 않더냐?', 이와 같은 웃지 못할 대사가 있지만, 이로부터 약 백 년 후 셰익스피어의 저자는 프랜시스 베이컨(Francis Bacon)이라는 이설이 심각하게 대두되기 시작했다. 그런데 이 이설들의 바닥에는 다음과 같은 의혹이 깔려 있었다. 셰익스피어와 같은 엄청나게 위대한 시와 철학을 과연 어떤 사람이 모조리 지닐 수 있겠는가? 이것이 가능하다고 하더라도 그 사람은 박식하고, 세도 있고, 견문이 넓으며, 외국어에도 능숙한 사람이어야 하지 않겠는가? 그렇다면 스트래트퍼드 출신의 촌뜨기 배우가 과연 그렇다는 증거가 어디 있는가?

정통파의 견해로는 당시의 문인치고 셰익스피어는 전기가 많은 편이라고는 하지만, 그의 공적, 사적, 외적, 내적인 사실과 기록은 그토록 위대한 작가의 기록치고는 아주 적은 편이다. 그래서 그를 우상같이 숭배하는 사람들은 역설 같지만 그 우상의 진흙으로 만들어진 다리를 찾기 시작했다. 범인(凡人)은 그와 같이 위대한 작품을 쓰지 못할 것이다. 따라서 셰익스피어는 범인일 수 없으며, 그 작가는 그와 같은 요건을 충족시키는 특수 인물일 것이라는 설이다. 이것은 마치 추리 소설과도 같은 이야기다. 여기에 또 한 가지 중요한 충족 여건이 있다. 그것은 그가 어떤 이유가 있어 자기 이름을 정면으로는 밝힐 수 없었을 것이라는 설이다.

프랜시스 베이컨이 같은 시대인으로서는 그와 같은 요건을 모두 갖추고 있다. 그리하여 베이컨을 셰익스피어 극의 작가라고 하는 주장이 특히 미국에서 한때 상당히 유력했다. 게다가 베이컨은 또 암호법에 조예가 깊었다. 작품 안에 저자가 베이컨임을 알아볼 수 있게 하는 암호들이 산재해 있다는 것이다. 예를 들어 《사랑의 헛수고》(제5막 제1장)에 나오는 'honorificabilitudinitatibus'라는 조어의 뜻은 '프랜시스 베이컨의 정신적 소산인 이 극들은 후세에 영속하리라'를 뜻하는 라틴어의 암호라고 풀이하라는 이설이 있다. 그 근거는 그의 극의 출원이 여러 가지로 확실한 것으로 미루어 각색 또한 여러 사람의 공동 집필로 이루어진 것이며, 프랜시스 베이컨과 월터 롤리의 공동 집필, 또는 옥스퍼드 백작을 중심으로 한 베이컨, 말로, 롤리, 더비 백작, 러틀런드 백작, 팸브루크 후작 부인 등의 집단 집필로서, 이때 연극 기교에 관한 전문 지식이 요청되었을 것이므로, 셰익스피어는 그 편찬 또는 교정 같은 일을 했을 것이다.

셰익스피어의 결혼에 관계되는 기록으로서, 1582년 11월 27일자 우스터 주교 교구 기록에 'Wm Shakspere and Anna Whateley'라는 기록과 그 다음 날짜에 'Willm Shakspere to Anne Hathaway'라는 기록이 있는데, 정통파에서는 'Whateley'는 'Hathaway'의 오기일 것이라고 보고 있지만, 1939

년과 1950년에 각각 다른 스코틀랜드 학자가 주장하기를, 미스 횟틀리(Miss Whateley)는 셰익스피어의 애인으로 앤 해서웨이에게 패배하여 수녀가 되어 셰익스피어와는 정신적으로 결합하여 그와 같은 극을 함께 제작했을 거라는 것이다.

다음으로 말로 설이 있는데, 셰익스피어와 태어난 해가 같으나, 요절한 말로의 셰익스피어에 대한 영향은 정통파에서도 인정하고 있는 바이지만, 근래에 미국의 신문 기자 캘빈 호프맨은 《셰익스피어라는 사람의 살해 문제》라는 저서에서 말로는 그의 후원자 토머스 월징엄(T. Walsingham)경의 사주자들의 손에 살해된 것이 아니라, 그가 무신론자로서 처형되는 것을 미리 막기 위해 월징엄 경이 피살을 가장하여 그를 유럽 대륙으로 도피시킨 것이다. 그래서 그는 후일 비밀리에 귀국하여 월징엄 경의 집에 은신하여 셰익스피어라는 이름으로 극작을 발표한 것이라고 주장했다. 호프맨은 또한 월징엄 경의 무덤을 발굴하는 허가를 얻어 발굴에 착수했으나, 거기에 있으리라고 예상했던 셰익스피어의 원고는 발견되지 않았고 미처 무덤 현실까지는 파보지 못한 채 발굴을 중단당한 일이 있었다. 그래서 요사이 스트래트퍼드에 있는 셰익스피어의 무덤을 발굴해 보자는 말도 있다.

다음은 옥스퍼드 백작 설이다. 옥스퍼드 백작 에드워드 비어의 가문(家紋)의 하나로 사자가 창(spear)을 휘두르고 있는(shake) 것이 있다. 그의 별명이 '창을 휘두르는 사람(speare shaker)' 이었으며, 그는 사우샘프턴 백작과 더불어 셰익스피어의 후원자로 알려진 사람인데, 사우샘프턴 백작이 그와 일리저베드 여왕 사이의 소생이라는 풍문이 나돌 정도였던 만큼, 그와 궁정과의 어떤 부득이한 사정 때문에 그는 자기의 작품에 셰익스피어라는 가명을 사용했거나, 스프래트퍼드 출신의 배우 셰익스피어의 이름을 빌려 쓴 것이라는 이설이 있다.

또는 셰익스피어라는 스트래트퍼드 출신의 대금업자가 궁색한 극작가들에게 금전을 융통해 준 대가로 작품의 작가를 자기 이름으로 하게 했을 것이라는 이설도 있다. 또 하나의 이설은 그의 《소네트 집》에 나오는 'Mr. W. H.' 가 누구냐?, '흑발의 미녀(dark lady)' 나 '미청년(fair youth)' 은 과연 누구냐? 하는 것이다.

그의 소네트가 원래 개성적인 요소를 강하게 풍기고 있기 때문에 이 점들에 관해서는 정통파 학자들 사이에도 논쟁이 분분하지만, 말로 설의 주장자들은 '미청년' 을 당시의 동성애와 관련시켜 말로의 동성애를 증거로 셰익스피어 소네트의 저자를 말로라 단정하고, Mr. W. H.를 앞서의 월징엄의 약기(略記)라고 주장한다.

같은 자료와 같은 사실을 가지고 이러한 설들은 이렇게 기묘한 결론에 도달하고 있지만, 오늘 날 정통파 학자들은 스트래트퍼드의 셰익스피어의 실존성에 대해 추호도 의심하지 않는다.

셰익스피어의 연표

1556년

존 셰익스피어, 스트래프퍼드 온 에이븐의 헨리 가(街)와 그린힐 가(街)에 주택을 구입.

1557년

존, 윌코트의 메리 아든과 결혼.

1558년

일리저베드 여왕 즉위.

존의 장녀 쥬오운 출생(9월 10일 세례).

존, 시의 치안관에 선임.

1559년

존, 스트래트퍼드 시의 벌금부과역에 취임.

1561년

존, 시의 재무관에 취임.

1562년

존의 차녀 마거레트 출생(12월 2일 세례).

1563년

마거레트 사망(4월 30일 매장).

1564년

존의 장남 윌리엄 셰익스피어 출생(4월 23일?).

윌리엄, 호울리 트리니티 교회에서 세례(4월 26일).

존, 역병으로 인한 빈민의 구제를 위해 다액의 기부를 함.

1565년(1세)

존, 시의 참사의원으로 피선.

1566년(2세)

존의 차남 길버트 출생(10월 13일 세례).

1568년(4세)

존, 시장에 취임.

1569년(5세)

존의 3녀 쥬오운 출생(4월 15일 세례. 사망한 장녀와 이름이 같음).

1571년(7세)

존, 시 참사원의 의장 격인 치안관에 취임.

존, 리처드 퀴니 상대로 50파운드의 채권 독촉의 소송을 제기함.

존의 4녀 앤 출생(9월 28일 세례).

1572년(8세)

귀족의 보호 없는 배우는 불량배로 취급되는 조령(條令)이 포고됨.

1573년(9세)

존, 헨리 히그퍼드에 의해 30파운드의 채무 이행의 소송을 받음.

1574년(10세)

존의 3남 리처드 출생(3월 11일 세례).

역병으로 인해 런던에서 연극 상연 금지.

1575년(11세)

존, 주택 구입에 40파운드 투자.

1576년(12세)

런던에 최초의 공개 상설극장의 건립 착수. 이것은 '극장'(The Theatre)이라
불리어졌음.

1577년(13세)

존, 이 무렵부터 공식 석상에 나타나지 않음.

1578년(14세)
존, 가옥을 담보로 40파운드의 빚을 냄(11월 14일).

1579년(15세)
존, 아내의 재산을 일부 처분함.
4녀 앤의 사망(4월 4일 매장).

1580년(16세)
존, 아내의 재산을 저당함.
존의 4남 에드먼드 출생(5월 3일 세례).

1582년(18세)
윌리엄 셰익스피어와 앤 횟틀리(Anne Whateley)와의 결혼 허가서 발행(11월 27일).
윌리엄 셰익스피어와 앤 해더웨이(Anne Hathaway)와의 결혼 보증인 연서(11월 28일. 이날 결혼함).

1583년(19세)
윌리엄의 장녀 수자나 출생(5월 28일 세례).

1584년(20세)
작자 미상의 《왕후귀감》을 웨스툰이 편찬하여 출판.

1585년(21세)
윌리엄의 쌍둥아 햄네트(장남)와 주디드(차녀) 출생(2월 2일 세례).

1586년(22세)

필리프 시드니 전사(戰死).

1587년(23세)

존, 시 참사의원에서 제명당함. 윌리엄, 이 무렵에 상경(?).

스코틀랜드의 메리 여왕, 엘리자베스 여왕에 의해 처형됨(2월 8일).

1588년(24세)

스페인의 무적함대, 영국 해군에게 격파당함(7월 28일).

1590년(26세)

《헨리 6세》제 2부와 제 3부 집필(?).

1591년(27세)

《헨리 6세》제 1부 집필(?)

1592년(28세)

《헨리 6세》제 1부, 〈스트레인지 소속 극단〉에 의해 상연(?)(3월 3일).

로버트 그린, '삼문제사' 에서 셰익스피어를 비난.

이 해 후반에 역병으로 런던의 극장 폐쇄.

존, 교회 불참자의 명단에 기록됨.

《리처드 3세》집필(1592~1593년).

《착오 희극》집필(1592~1593년).

《비너스와 아도니스》집필(1592~1593년).

1593년(29세)

《비너스와 아도니스》 출판 등록(4월 18일). 같은 해에 4절판으로 출판(양 4절판).

《타이터스 앤드로니커스》 집필(1593~1594년).

《말괄량이 길들이기》 집필(1593~1594년).

《루크리스의 능욕》 집필(1593~1594년).

극작가 크리스토퍼 말로 살해당함(5월 30일).

1594년(30세)

윌리엄, 〈궁내대신 소속 극단〉(Lord Chamberlain's Men)에 단원으로 참가.

《타이터스 앤드로니커스》 출판 등록(2월 6일), 동년에 4절판으로 출판(양 4절판).

《헨리 6세》 제 2부 출판 등록(3월 12일), 동년에 악 4절판 출판.

《루크리스의 능욕》 출판 등록(5월 9일), 동년 4절판으로 출판(양 4절판).

《착오 희극》 그레이 법학원에서 상연(12월 28일).

《베로나의 두 신사》 집필(1594~1595년).

《사랑의 헛수고》 집필(1594~1595년).

《로미오와 줄리엣》 집필(1594~1595년).

1595년(31세)

윌리엄, 〈궁내대신 소속 극단〉 단원으로서 최고의 기록(3월 15일).

《리처드 2세》 집필(1595~1596년).

《리처드 2세》 상연(12월 9일).

《한여름 밤의 꿈》 집필(1595~1596년).

1596년(32세)

장남 햄네드 사망(8월 11일 매장).

부친 존, 문장(紋章)의 사용을 허가 받음(10월 20일)

《존 왕》 집필(1593~1596년).

《베니스의 상인》 집필(1596~1597년).

1597년(33세)

윌리엄, 이 무렵 런던의 세인트 헬렌의 비셥게이트에서 거주함.

윌리엄, 스트래트퍼드에서 가장 아름답고 둘째로 큰 저택 뉴 플레이스(New Place)를 윌리엄 언더힐로부터 40파운드에 구입함(5월 4일).

《리처드 2세》 출판 등록(8월 29일), 동년 출판(양 4절판).

《리처드 3세》 출판 등록(10월 20일자), 동년 출판(양과 악의 중간의 4절판).

《로미오와 줄리엣》 악 4절판 출판.

《헨리 4세》 제 1부와 제 2부 집필(1597~1598년).

《사랑의 헛수고》, 크리스마스에 궁정에서 상연.

1598년(34세)

《헨리 4세》 제 1부 출판 등록(2월 25일), 동년 출판.

《소네트 집》 거의 완성(?).

수상인 윌리엄 세실 사망.

《베니스의 상인》 출판 저지 등록(7월 22일).

윌리엄, 벤 존슨의 〈각인 각색〉에 출연(9월).

《사랑의 헛수고》 양 4절판 출판.

《헛소동》 집필(1598~1599년).

《헨리 5세》 집필(1598~1599년).

프랜시스 미어스의 수기《지식의 보고》출판, 이 책에는 셰익스피어에 관한 여러 가지 언급이 있다.

1599년(35세)

시인 에드먼드 스펜서 사망.

풍자문학 금지(6월 1일).

에섹스 백작, 아일랜드 원정 실패.

〈궁내대신 소속 극단〉의 본거인 〈지구극장〉 개장.

《줄리어스 시저》 집필, 동년 〈지구극장〉에서 상연(9월 21일).

《로미오와 줄리엣》 양 4절판 출판.

《뜻대로 하세요》 집필(1599~1600년).

《십이야》 집필(1599~1600년).

1600년(36세)

동인도회사 설립.

《뜻대로 하세요》 출판 보류 등록(8월 4일).

《헛 소동》 출판 보류 등록(8월 4일), 출판 등록(8월 23일), 동년 출판(양 4절판).

《헨리 4세》 제 2부 출판 등록(8월 23일), 동년 출판(양 4절판).

《헨리 5세》 출판 보류 등록(8월 23일), 동년 악 4절판 출판.

《한여름 밤의 꿈》 출판 등록(10월 8일).

《윈저의 명랑한 아낙네들》 집필(1600~1601년).

1601년(37세)

부친 존 사망(9월 매장).

〈궁내대신 소속 극단〉 에섹스 백작 일당의 요청에 의해 왕위 찬탈극《리처드 2

세》를 〈지구극장〉에서 상연(2월 7일).

에섹스 백작, 런던에서 쿠데타를 거사하여(2월 8일), 사형에 처해짐(2월 24일).

《십이야》 궁정에서 상연(1월 6일).

《햄릿》 집필(1601~1602년).

《트로일러스와 크레시더》 집필(1601~1602년).

1602년(38세)

이 무렵 크리폴게이트(런던)에서 하숙.

스트레트퍼드 교외에 107에이커의 토지를 320파운드에 매입(5월 1일).

《윈저의 명랑한 아낙네들》 출판 등록(1월 18일), 동년 악 4절판 출판.

《햄릿》 출판 등록(7월 26일).

《끝이 좋으면 다 좋다》 집필(1602~1603년).

1603년(39세)

일리저베드 여왕 사망(3월 24일), 튜더 왕조 끝남.

제임스 1세 즉위하여 스튜아트 왕조 출발.

〈궁내대신 소속 극단〉, 제임스 1세의 후원 아래 〈국왕 소속 극단〉으로 됨(5월 19일).

역병으로 해서 런던의 극장들은 1년이나 폐쇄.

《트로일러스와 크레시더》 출판 등록(2월 7일).

《햄릿》 악 4절판 출판.

1604년(40세)

《오델로》 집필, 동년 11월 1일 궁정에서 상연.

《이척보척》 집필(1604~1605년), 동년 12월 26일 궁정에서 상연.

《햄릿》양 4절판 출판.

1605년(41세)
〈국왕 소속극단〉《헨리 5세》를 궁정에서 상연(1월 7일).

〈국왕 소속극단〉《베니스의 상인》을 궁정에서 상연(2월 10일).

의사당 폭파 음모 사건 발각됨(12월 5일).

윌리엄, 스트래트퍼드와 그 인접 지역의 31년 간의 10분의 1세(稅)의 권리를

440파운드로 매입(7월 24일).

《리어왕》집필(1605~1606년).

1606년(42세)
의사당 폭파 음모 사건의 주모자 헨리 가네트의 처형(5월 3일).

무대에서 신을 모독하는 말을 쓰지 못하게 하는 조령(條令) 포고(5월 27일).

《맥베드》집필.

《리어 왕》궁정에서 상연(12월 26일).

《앤토니와 클레오파트라》집필(1606~1607년).

1607년(43세)
장녀 수자나, 의사 존 홀과 결혼(6월 5일).

《리어 왕》출판 등록(11월 26일).

《코리올레이너스》집필.

《아테네의 타이먼》집필.

1608년(44세)
시인 존 밀턴 출생.

수자나의 장녀 일리저베드 출생(2월 8일 세례).

모친 메리 사망(9월 9일 매장).

윌리엄, 존 애든브루크를 상대로 6파운드의 채권에 관해 소송을 제기하여 승소함(12월 17일~1609년 6월 7일).

〈국왕 소속극단〉이 실내 극장인 〈블랙프라이어즈〉를 매입, 윌리엄도 8분의 1의 주주가 됨(8월 9일).

《앤토니와 클레오파트라》출판 저지 등록(5월 20일).

《리어 왕》출판(양과 악의 중간의 4절판).

《페리클리즈》집필(1608~1609년), 동년 출판 등록(5월 20일).

1609년(45세)

《트로일러스와 크레시더》출판(양 4절판).

《소네트 집》출판 등록(5월 20일), 동년 출판.

《페리클리즈》출판(양 4절판).

《심벨린》집필(1609~1610년).

1610년(46세)

윌리엄, 이 무렵에 고향에 은퇴(?).

《겨울 이야기》집필(1610~1611년).

1611년(47세)

《흠정 영역 성서》출판.

점성가 사이먼 포맨, 〈지구극장〉에서 셰익스피어의 극을 관람한 기록이 있음.

《맥베드》(4월 20일), 《심벨린》(4월 하순), 《겨울 이야기》(5월 15일) 등.

《태풍》집필(1611~1612년), 동년 궁정에서 상연(11월 1일).

1612년(48세)

윌리엄, 벨로트 마운트조이의 소송사건에 증인으로 출두(5월 11일, 6월 19일).

일리저베드 왕녀의 결혼 축하와 외국 사절들을 위해 〈국왕 소속 극단〉은 이 해 겨울부터 1613년에 걸쳐 20회 이상의 공연을 함.

《헨리 8세》 집필(1612~1613년).

1613년(49세)

〈국왕 소속 극단〉, 〈지구극장〉에서 《헨리 8세》를 상연(6월 29일).

이날 상연 때의 축포의 불꽃에 인화하여 〈지구극장〉 소실. 곧 재건립에 착수.

1614년(50세)

제2의 〈지구극장〉 6월(?)에 준공.

윌리엄, 상경(11월 17일).

1616년(52세)

윌리엄, 유언장을 기초(起草)(1월 ?).

차녀 주디드, 토머스 퀴니와 결혼(2월 10일).

윌리엄, 유언장을 다시 정리 작성하여 서명함(3월 25일).

윌리엄, 사망(4월 23일), 스트래트퍼드의 호울리 트리니티 교회에 매장(4월 25일).

1619년

토머스 파비어, 셰익스피어의 선집 출판(《헨리 6세》 제 2·3부,《베니스의 상인》,《헨리 5세》,《한여름 밤의 꿈》,《윈저의 명랑한 아낙네들》,《리어 왕》,《페리클리즈》 등이 수록됨).

W・자가드, 불법으로 셰익스피어의 전집을 2절판으로 출판 기도.

1621년
《제일 2절판 전집》 인쇄 착수(4월 ?).
《오델로》 출판 등록(10월 6일).

1622년
《오델로》 출판(양 4절판).

1623년
윌리엄의 아내 앤 사망(8월 6일 매장).
셰익스피어 극의 전집 출판을 위해 《태풍》을 비롯하여 16편 극의 출판 등록(11월 8일).
셰익스피어의 동료 배우 존 헤밍그와 헨리 콘델에 의해 편찬된 셰익스피어의 극 전집 《제일 2절판 전집(The First Folio) 출판(연말 ?). 이 전집에는 《페리클리즈》와 시는 포함되어 있지 않음.

memo